ALPHAPOLIS WEB CITY SINCE 2000

最強Fランク冒険者の気ままな辺境生活？ 3

ALPHA LIGHT

紅月シン
Shin Kouduki

アルファライト文庫

Main Characters
主な登場人物
アリエル
『聖神教』という
宗教団体で
『聖女』と呼ばれている、
エルフの少女。
ロイ
Fランクの冒険者。
自身が規《き》格《かく》外《がい》の実力を
持っていることに
ようやく気付きはじめた。
セリア
ルーメンの街にある
小さな宿屋の娘。

テレーズ
『聖神教』の最高権力者。信仰に対して非常に敬虔《けいけん》。
フルール
「下《した》っ端《ぱ》」を自称するAランク冒険者。今はロイの教育係。
シルヴィ
Sランクの称号を持つ世界最強の魔導士。ロイの魔法の師でもある。

プロローグ

クラルス王国の国王である青年は、眼前の光景に思わず溜息《ためいき》を吐いた。

彼の机の上には、今日中に片付けなければならない書類が積《つ》まれている。

あまりの量の多さに、向こう側《がわ》が見えないほどだ。

必要なものだと理解していても、気が重くなる仕事だった。

しかも、最近は日を追うごとに作業量が増加している。

今はまだ何とかなっているが、この状況が続けば、いずれ確実に自分の処理能力が限界を迎《むか》えるだろう。

先のことまで考えると、尚更憂鬱《なおさらゆううつ》になるというものであった。

「……ま、仕方ないことではあるんだが。やらなければこの国は滅《ほろ》ぶ……と言うと大げさだが、少なくとも、周囲の国から搾取《さくしゅ》され放題となるだろうからな」

青年は、その増えていく書類全《すべ》てに目を通していくうちに、何故《なぜ》他国がこの国を狙《ねら》う状況になっているのかを理解していった。

その理由は、端的《たんてき》に言ってしまえば、元勇者である『彼』が既《すで》にこの国にいないことに、他の国が気付き始めているからであった。

西方《せいほう》の支配者が倒されたという驚《おど》きの報《しら》せが青年のもとに届けられてからひと月余り。

さらには、辺境《へんきょう》の街の冒険者が、特に被害らしい被害を出さずに、無数の魔物を撃退《げきたい》したという報せが入ってくる。

しかも退治した魔物の中には、高ランク冒険者でも倒せない成竜《せいりゅう》までもがいたようである。

そんな奇跡《きせき》のような偉業《いぎょう》が、次々と報告された以上、これがただの冒険者の手によって行われた、と信じる者はいまい。

『彼』の仕業《しわざ》だと推測するのは容易《ようい》であり、『彼』が既にこの国を離《はな》れていると勘付《かんづ》かれるには十分な材料であった。

周囲の国々がこの国へ手を伸《の》ばしてくるのも、当然だと言えよう。

魔王の残した傷跡《きずあと》は、どの国も癒《い》えきってはいないのだ。

少しでも国力を回復するために、他国に手を出すという考えに至《いた》っても不思議ではない。

手を出されそうな身としてはたまったものではないが。

この積まれた書類の数々は、そういった事態を防ぐために必要なものでもあった。

「……ま、結局のところ、これは今まで私達が彼に頼《たよ》りきっていた……いや、押し付けていた分のツケが回ってきた、ってだけのことなんだが」

とはいえ、それはそれ、これはこれ、と言うべきか。

必要だと分かっていても、嫌《いや》な仕事には違いないが、今更《いまさら》何を言ったところで、結局やらなければならない。せめて憂鬱になることぐらい許して欲しいものである。

「……頭の痛い問題が、もう一つ増えそうだしな」

「……何が？」

青年が呟《つぶや》き、再び溜息を漏《も》らしたのとほぼ同時に、少女の声が青年の耳に届く。

もっとも、彼女が部屋に入ってきたことは薄々《うすうす》分かっていたので驚きはない。

むしろ、少女がいる気配を感じたからこそ、敢《あ》えて呟いたと言うべきか。

部屋の入口に視線を向ければ、先ほどまでは誰もいなかったはずの扉の前に、予想通りの姿があった。

「なに、こっちの話さ。それよりも、どうした……っていうのは、聞くまでもないか……」

『彼』のところに行くのか？」

「……ん、約束の期限は過ぎた。そもそも、本当なら〝あの日〟に向かってたはずだった」

そう言いながら、明らかに怒気《どき》を含んだ目を向けてくる少女──Sランク魔導士《まどうし》のシルヴィ。

想定通りのリアクションに、青年は苦笑《くしょう》を浮かべた。

実際シルヴィは、あの日──辺境の街が無数の魔物に襲《おそ》われた日、『彼』のもとに駆《か》けつけるつもりだったのである。

あの街で何かが起こりそうだと予見《よけん》し、助けに向かおうとしていたのだ。

実際は、街のためというよりは『彼』のため、──より厳密《げんみつ》に言えば助けに向かうというのも建前《たてまえ》で、それをきっかけに『彼』との距離《きょり》を詰《つ》めることが狙いだったようだが──

「……でも、邪魔《じゃま》された」

「邪魔をしたつもりはないよ。こっちに残ってた方が『彼』のためになるし、結果的にはお前のためにもなる。前にもそう言ったし、シルヴィも納得してただろう?」

「……でも、結局今まで、何も起きなかった」

「そりゃあな。むしろ何も起こさせないためにこそ、お前をここに留《とど》めておいたわけだしな」

「……?」

不思議そうに首を傾《かし》げるシルヴィを見て、青年は肩をすくめる。

まあ今までしっかり説明していないのだから、分からなくとも当然だが……この少女は、相変《あいか》わらず、自分の価値を正確には理解していないようだ。

あるいは、単純に自分への関心が薄いだけなのかもしれないが。

「まあ要するに、お前は万一のための備《そな》えだったってわけだ。仮に何かあったとしても、こっちにはSランクの魔導士が控《ひか》えてる、ってのを周囲の他国に示す必要があった」

「……この国のために？」

「いいや？　だから、言っただろ？　『彼』のためだ、ってな。備えってのは、同じところにあっても意味がない……『彼』がピンチの時に、お前も『彼』の近くにいたら、別の場所で発生したトラブルに対応できなくなるだろ」

「……もしかして、あの街には、あれ以上に何かが起こる可能性があった、ってこと？」

「少なくともその想定はしていたさ」

あの街で起こった魔物の騒動《そうどう》は、基本的には偶然《ぐうぜん》の産物だ。

全てが良いように……もしくは悪いように連鎖《れんさ》した結果、あれほどの事態に発展した。

どれだけ調《しら》べたところで、その結論にしか至らなかった以上、そこに疑問を挟《はさ》む余地はない。

だが、それはあくまで実際に起きた部分までの話である。

騒動を利用したさらなる企《たくら》みがあった可能性も青年は予測していた。

途中までは偶然だったとはいえ、竜があの街を襲った結末自体は計画されていたのだから。

「ま、『彼』ならばそこまで含めて粉砕《ふんさい》してたかもしれないが……『彼』だって人間だ。その手が届かないことだって、きっとあるだろう。そしてそういう時に……こんなこともあろうかと、とか言って颯爽《さっそう》と登場するのは、物凄《ものすご》く格好いいと思わないか？」

「……思う」

シルヴィは真剣な顔で頷《うなず》き、青年の言葉に賛同してきた。

ただ、直後にその表情が少し曇《くも》る。実際にはそうはならなかったからだろう。

何も起きなかったのはいいことではあるのだが、青年にはシルヴィの気持ちも少し理解出来た。

折角《せっかく》の備えに出番がなかった空《むな》しさは、彼も同感だったからである。

「ま、無駄になってよかったと喜んでおくべきだろう」

「……ん。ところで……結局、警戒《けいかい》してた相手は何？」

「ああ。そうだな……まあ、お前なら言っても問題はないだろう」

あまり大っぴらに言うことではないが、この少女ならば言いふらすような真似《まね》はしまい。

そう思い、青年はその名を口にするのであった。

「――邪神《じゃしん》って知ってるか？」

第一章　聖神教《せいしんきょう》と邪神《じゃしん》

鬱蒼《うっそう》とした森の中に、不意の轟音《ごうおん》が立った。

同時に衝撃《しょうげき》が森を揺《ゆ》らすが、そこに住まうモノ達はそれに驚くことすらない。

この森では、日常茶飯事《にちじょうさはんじ》でしかないからだ。

魔の大森林。

辺境の街・ルーメンにあり、大抵の人間ならその禍々《まがまが》しさを恐れ、寄り付かない場所である。

その東端《とうたん》に位置する一角にて、今度は咆哮《ほうこう》が轟《とどろ》く。

それは怒りを示すようにも……あるいは、恐怖を誤魔化《ごまか》そうとしているようにも聞こえる。

しかし、魔物の頭部が、首の上からずり落ちたのと同時に、咆哮もピタリとやむ。

途端《とたん》に静けさを取り戻した森の中で、ゆっくりと首が落ちていった。

そして、力を失った胴体も、音を立てながら続けてその場に崩《くず》れ落ちた。

「んー……さっきの魔物よりも下、かな？」

どこか暢気《のんき》そうな声を漏らしたのは、たった今魔物を倒したばかりの少年である。

それに応える女性の声音《こわね》には、多大な呆《あき》れが含まれていた。

「いや、さっきのより強いっす。普通に上っすよ……何で下だと思ったんすか……」

森で魔物を倒しながら、何やら話し合っているのは、ロイとフルールであった。

呆れを隠《かく》さず溜息をつくフルールに対し、ロイは不思議そうに首を傾げる。

「え……いやでも、さっき倒したやつの方が強いと思ったんだけど？」

「いやいや……さっきのはＢランクの魔物で、今のはＡランクっすよ？　まあ必ずしもランクが上の方が強いとは限らないっすが、少なくともさっきのと比べれば、明らかに今の魔物の方が上っす」

二人は、既にロイが倒した魔物と、今戦った咆哮を上げる魔物を比べ、どちらのランクが上なのかを話しているところである。

結論を言ってしまえば、フルールの方が正しいのだが、ロイは納得がいかないようだった。

再び首を傾げ、問いかける。

「うーん……そうかなぁ……？　確かに今の魔物の攻撃は当たれば痛そうだったけど、あんな大振りじゃ普通当たらないだろうし、その前の魔物の方が、動きが速かった分厄介《やっかい》じゃない？」

「大振りなのは否定しないっすが、それでもBランクの冒険者じゃ歯が立たないからこそのAランク扱《あつか》いっす。というか、当たったら痛いじゃ済まなくて、普通死ぬっす。直撃しなくともその余波だけで十分過ぎるほどの脅威《きょうい》になるっす」

「余波……余波ねえ……あれぐらいなら無傷で受け流せないかな？」

「だからそれが出来るのはロイさんぐらいっすよ。何度も言ってるっすが、そろそろロイさん基準《きじゅん》じゃなくて、あちし達を基準に考えて欲しいっす」

「一応心がけているつもりなんだけどね……面目《めんぼく》ない。常識を学ぶっていうのは本当に難《むずか》しいなぁ……もうひと月も経《た》つっていうのに」

ひと月。

それは即《すなわ》ち、ロイがフルールから冒険者としての……あるいは、この世界の人間の常識を学ぶようになってから経過した月日だ。

周囲と異なる常識を持つロイに、これ以上振り回されなくて済むように、とギルドの提案で始まったのだが……その成果はご覧《らん》の有様《ありさま》である。

正直《しょうじき》なところ、以前の彼との差はそれほどない。

知識量だけで言えば、ひと月前とは、比べ物にならない。

それはフルールが役目を果たそうと、このひと月の間、懸命《けんめい》に努力してきたからであり、重点的に教わった魔物に関しては、ロイも正しい認識を持てるようになっていた。

だが問題は、それが所詮《しょせん》知識でしかなく、実戦でいまいち活用出来ていないことにある。

これればかりはフルールの責任とは言えず、ロイ自身の経験が伴《ともな》っていないので仕方がなかった。

彼らがこうして魔の大森林へとやってきているのも、そのロイの欠点にフルールが気付き、補《おぎな》うことを目的としたもの……まあ、今のところ、上手《うま》くいっているとは言いがたかったが。

そのことを何よりも実感しているフルールが、嘆息《たんそく》する。

「あちしも常識を教える難しさを心の底から痛感してるっす……というか、この役目、あちしに向いてないと思うっす」

「いや、そんなことないと思うけど？　僕が言っても説得力はないかもしれないけど、フルールは教え上手だよ」

「そう言ってくれるのはありがたいっすけど……所詮あちしは下《した》っ端《ぱ》っすよ？　確かに面

倒なことは下っ端にやらせるべきってのも分かるっすが、下っ端だからこそ、やらせる仕事は選ぶべきだと思うっす」

「フルールが下っ端だったら、大半の冒険者はそれ未満になっちゃうけどね……」

下っ端、という言葉は、フルールがロイと出会った時から度々《たびたび》口にしているものである。

彼女が本心からそう言っていることを知るロイからすると、複雑《ふくざつ》な心境になってしまう。

自身の実力に単に無自覚なロイとは違い、フルールは自分に対する評価が低いのだ。

しかし、彼女がどれだけ自分を低く見積《みつ》もろうと、優秀《ゆうしゅう》な冒険者である事実は変わらない。

ギルドがフルールにロイの教育係という役目を与えたのも、その能力を買ってのことだ。

その理由は単純明快《たんじゅんめいかい》。今のギルドで一番高ランクの冒険者であるフルール以上に、信用出来る者などいるはずがないからだ。

「まあ、でも仕方ないいんじゃないかな？　今やあの街には、Aランクの冒険者ってフルールしかいないわけだしね」

「そもそもそれがおかしい話なんすが……ランクなんか気にせず、グレンさんあたりに振っても別にいいと思うっす」

そう考えるフルールの気持ちも、ロイとしては分からなくもなかった。

しかし、ランク――すなわち冒険者としての信用度が最も高い彼女に引き受けてもらう必要があったのもまた、事実なのだ。

「まあ、ギルド側としてはやっぱりそれは出来ないんじゃないかな――グレンさんはＢランクに降格《こうかく》することになっちゃったわけだしね」

基本的に冒険者のランクというのは、ギルドがそのランクに相応《ふさわ》しいと判断して定められるものであり、余程の事情がない限り降格することはない。

降格を言い渡すのは、自分達の目が間違っていたと認めるのに繋《つな》がり、ギルドとしてもリスクを負《お》うからである。

その中でも、話に出たグレンは元Ａランクだ。

Ｃで一人前、Ｂで一流とされる中、そのさらに上となる、超一流のＡ。

その立場に相応しいと一度は認めておきながら、それを取り消してしまったら、ギルドの信用問題に関わってくる。

しかし、彼とフルール以外の四人のＡランク冒険者が、いずれもギルドを裏切り、悪事を働いた。その四人というのが、いずれもグレンのパーティーに所属していた冒険者だったため、リーダーである彼が、その責任を取るという形で降格したのである。

「というか、まずそこからしておかしいんすが……パーティーとして行動してた時のことならばともかく、個々人の所業《しょぎょう》の責任をリーダーが取る必要なんてないじゃないっすか」

「まあ実際ギルドも、フルールと同じ主張をしてたしね」

だがその意見が通ることはなかった。

当事者であるグレンが、自分が責任を取るべきだと頑《かたく》なに主張したからだ。

「普通は責任から逃げようとすると思うんだけどね……というか、あの様子からすると、グレンさんは責任を取ろうとしたっていうよりは、降格したがってたように見えたんだけど……」

「いや、多分それで合ってるっすよ。グレンさんは面倒見がよくて責任感もある人っすが……初めからAランクでいたがってなかったんすよね。Aランクである以上は責任を果たすけど、出来ればそんな責任は最初から負いたくない、といったところっすかね。今回のは、そういう意味で色々と都合がよかった、って感じだったんだと思うっす」

「なるほど……それで、結果的にフルールは全てを押し付けられた、と」

「そういうことっすねえ……！　本当に、何であちしがこんな目に、って感じっすよ！」

実のところ、フルールもまた、グレンが責任を取るならば自分も取るべきだろう、と言って降格しようとしていたのだ。

だがそれはグレンとギルドの両方から否定された。

グレンからは「自分が責任を取るのだからそれ以上は必要ない」と言われ、ギルドからは「裏切られた被害者の立場だったのだから、責任を取る理由は発生しない」と断言《だんげん》された。

もっとも、ギルドからすれば、フルールまで降格してしまったら困る、という理由の方が大きかったのだろうが。

どんなに大きな街でも、Aランクのパーティーともなれば一組か二組程度しかいないのが普通で、実際彼らが住むルーメンもそうである。

しかし、そのうちの片方は、元Sランクの冒険者によって一人を残して殺されてしまい、グレンが率《ひき》いていたもう片方も半数以上が裏切りにより離脱《りだつ》。

無数の魔物が襲撃《しゅうげき》してきたあの大事件の際には、Aランクの冒険者はグレンとフルール、そして別パーティーの生き残りの一人の、合わせて三人しかいなかったのだ。

そして事件後、グレンがBランクへと降格した頃には、生き残った方のAランクも既に街を後にしていた。

パーティーメンバーがいなくなってしまった上、今回のことで自分の未熟さを痛感したため、他の街で鍛《きた》え直してくると去ってしまったのだ。

したがって、今や残るAランクはフルールのみ。

Aランクの冒険者が一人もいないというのは、ギルドの面子《メンツ》を考えるとさすがにまずいということで、フルールの降格は認められなかった。

「でも唯一のAランクだってことで、色々と優遇《ゆうぐう》されてる面もあるって聞くけど？」

「それはまあ……まったくないとは言わないっすけど。それでも、どう考えても苦労していることの方が多いっす」

顔をしかめるフルールだが、本気で嫌というわけではないはずだ。

グレンが降格したため、彼とは既にパーティーを解消したとロイは聞いている。

それ以来誰ともパーティーを組んでいないとも聞いたので、フルールはやろうと思えば、すぐにでも別の街に移れるはずだ。

それをしないということは、少なくとも心底嫌だと思っているわけではないのだろう。

まあ単純に、責任感が強いということかもしれないが……

ギルドがグレンの降格を認めたのは、フルールがこの街を離れないという計算もあったのかもしれない。

何はともあれ、とロイはフルールの方を向いた。

「苦労をかけてる要因の一人としては、それに関しては何とも言えないところかなぁ……」

「別にこの一件で、ロイさんに悪いところはないっすけどね。最近、頑張《がんば》ってくれてるのは分かってるっすから。ただ、それは別にして、もっと常識を理解出来るようになって欲しいっすが」

「僕も本気でそうしたいと思ってはいるんだけどね……」

だが思うだけでどうにかなるならば、とうにどうにかなっている話だ。

溜息を吐くフルールに、ロイは苦笑《にがわら》いをする。

「さて、いつまでも愚痴《ぐち》を言ってても仕方ないし、そろそろ建設的なことを話すとしようか。具体的にはこの後のこととか。まだ続けるんだろうしね」

「まあ、そうっすね。今更言ってもどうにもならないことっすし。でも、生憎《あいにく》今日はこれで終わりっすが」

「あれ、そうなの？」

思わぬ返答を受け、視線を空に向けるも、日はまだ高く、昼を少し過ぎたあたりだった。終了するにはまだ早いように感じる。

生《お》い茂《しげ》った木々によって視界が遮《さえぎ》られているため、正確なところは分からないが、おおよその時間は把握《はあく》出来る。いつもならば、もっと遅《おそ》くまで残っているのだが――

「忘れたんすか？　今日はギルドに『お客様』がやってくる日っす」

「あー……そっか。そういえば今日だったっけ？　ごめん、近いうちだってのは覚えてたんだけど、正確な日時はすっかり忘れてた」

「まあロイさんには関係ないことっすからね。あちしが呼ばれてるってだけっすから、細かいことは忘れてても仕方ないっす。ちなみに、誰が来るのかってのは覚えてるっすか？」

「さすがにそれはね。確か、『聖神教《せいしんきょう》』の人……で、合ってたよね？」

「正解っす。しっかり覚えてたっすね」

「ま、この間教わったばかりだからね」

魔物のことに限らず、ロイはフルールから色々なことを学んでいる。

各国の名前や歴史、それぞれの土地で信仰《しんこう》されている宗教の知識に至るまで、その内容は多岐《たき》にわたっていた。

『聖神教』もフルールから教わったものの一つで、ロイはその名をつい先日知ったところだった。

「とはいえ、詳《くわ》しいことはよく分かってないんだけど。僕が聞いたのは、創造神《そうぞうしん》を崇《あが》めてるってことぐらい、かな？」

「ま、宗教組織なんて、土着《どちゃく》のものとかも含めたら山ほどあるっすからね。詳しく説明してたら時間がいくらあっても足《た》りないっす。それに組織と言っても、『聖神教』は一地方の人達が教えを信じてるぐらいで、大きいとはとても言えないところっすし」

「でもその人達を出迎えるために、わざわざフルールに声がかかったわけでしょ？」

何でも今日はその聖神教の人物が、ルーメンを訪れるというのだ。

理由はフルールも知らないらしいが、少なくとも遊びに来ただけということはあるまい。

そして何故かその場に、フルールも呼ばれているのだという。

「あそこは規模《きぼ》は大きくないんすが、歴史はあるんすよ……それに、色々と特殊《とくしゅ》なところでもあるんすよね。何でもギルドの設立にも関係してるって話みたいっす。だから礼儀《れいぎ》として、Aランクの冒険者を同席させといた方がいい、ってことらしいっすね」

「へえ……ギルドの設立に？」

「半《なか》ば噂《うわさ》話っすけどね。まあ気になるようなら調べてみるといいと思うっす。あちしから教えることは多分ないっすから」

「なんで？」

「ロイさんに教える『常識』には入らない、特殊な話っすから。あそこと関わるようなことでもあったら話は別っすが、多分ないっすしね。何といっても、基本自分達の拠点《きょてん》から出てこないやつらっすから」

「そうなの？　でも今回はそういう人達がわざわざ訪ねてくるんだよね……？」

「つまりはそれだけの用件があるってことだと思うっす。そしてあちしはそこに同席するってわけっすよ。まったく……本当に面倒事ばかり回ってくるっすね……」

「それは……ご愁傷様《しゅうしょうさま》、と言うしかないかな」

本気で嫌そうな表情を浮かべるフルールに、ロイは苦笑しながらそう返す。

自分が代われる内容でもあるまいし、ここはフルールに頑張ってもらうしかないだろう。

「さて、そういうことなら、さっさと帰ろうか。遅くなったら向こうに失礼だしね」

「そうっすね。一応余裕は持ってるつもりっすが、向こうが早めに来たら分からないっすから」

それは確かにありえる話であった。

そもそもの話、ロイはフルールの世話になっている身だ。

彼女がどう考えようと、その意向に異を唱《とな》えるつもりはなかった。

そうしてロイ達は魔の大森林を後にすると、そのまま辺境の街に戻る。

しかし、ロイはギルドに着くや否《いな》や、

「――ねえ。あんたでしょ、勇者ってのは？」

と、冒険者ギルドにいた一人の少女に尋《たず》ねられるのであった。

◆◆◆

ギルドの雰囲気《ふんいき》がいつもと違うことにロイが気付いたのは、到着した直後のことであった。

騒《さわ》がしいだけならいつものことだが、普段と異なり、戸惑《とまど》いの空気が漂《ただよ》っているように感じたのだ。そしてすぐに、ロイはその感覚が間違いではなかったと理解する。

冒険者達の戸惑いの原因となっているだろうものを、見つけたからである。

それは、見覚えのない一人の少女であった。

少し吊《つ》り目がちで、その顔立ちは非常に整《ととの》っている。

だが、冒険者達が戸惑っている理由は、その美しさではあるまい。

さすがにその程度で動揺《どうよう》するほど彼らは純真《じゅんしん》ではないし、何よりも彼女には、それ以上に目を引く要因があったからだ。

金色に輝く髪と瞳。

それらはロイが今まで生きてきた中で、一度も見たことがないぐらいには珍《めずら》しいものであった。

この場には様々な色の髪や瞳を持つ者がいるが、一人として金の色彩《しきさい》を持つ者はいない。

付け加えて言うならば、その顔にはもう一つ周囲の目を惹《ひ》く特徴《とくちょう》があり……と、そんなことを考えながら、ロイが少女のことを眺《なが》めていた時のことであった。

不意に少女が彼の方へ視線を向けたかと思えば、そのまま近寄ってきて、いきなり尋ねてきたのだ。

──お前が勇者なのだろう、と。

それはあまりにも唐突《とうとつ》な問いであった。

ちょっとぶしつけに見すぎていた自覚はあったため、文句を言われるのだとばかり思っていたのだが……

そんな突飛《とっぴ》な質問を受けたからだろうか。

「──いえ、違いますけど？」

ロイは反射的に否定してしまう。

「……え？」

明らかに確信を持って問いかけていただけに、少女は困惑していた。

少女の浮かべる表情が、徐々に戸惑いから焦《あせ》りへと変化していく。

「え、嘘《うそ》……本当に……？　違う、の……？　え、えっと、その……ご、ごめんなさい……！」

そう言って謝《あやま》ると、少女は素早くその場から離れて行った。

間違えたのが余程恥《は》ずかしかったのか、耳まで真《ま》っ赤《か》になっているのが後ろ姿からも見て取れる。

そのまま受付の方へと向かっていく少女の姿を何となく眺めていると、横から視線を感じた。

目を向けてみると、フルールがジト目で彼を見ている。

「うん？　どうかした？」

「いや……何で今嘘吐いたんすか？」

「いや、別に嘘吐こうと思ったわけじゃないんだけどね……ただ、唐突だったから、思わず、っていうか……？」

今までずっと自分を大したことないと思っていて、自身が勇者という認識を持っていなかったせいだろうか。

つい咄嗟《とっさ》に否定してしまったのだ。

それに――

「あとは、彼女の見た目に驚いて、質問をちゃんと聞けてなかったってのもあったかもしれないけど。初めて見たんだけど――あの人って、エルフだよね？」

言いながら視線を少女へと戻せば、未だに赤い――その特徴的な尖《とが》った耳がよく見える。

それに何よりも、少女の持つ金の髪に金の瞳。

その二つは、エルフのみが持つことを許されたものであった。

「まあそうっすね。というか、あちしも見るのは初めてなんすけど」

「あれ、そうなの？　色々な国や街に行ったことがあるって前に言ってなかったっけ？」

「冒険者ってのは基本的にあちこち飛び回ってるっすからね。でも以前にも話したと思うんすけど、エルフは基本自分達の森から出てこないっすから。こうして目にするのは大分稀《まれ》なんすよ」

「そうなんだ……」

これも、フルールから学んだ内容ではあるが、国について教わった際、ついでとばかりにそこに住む人達――『人種』――の説明も受けたことがあった。

たとえば、北の方にはエルフの住む森があるとか、その周辺は獣人達も多く暮《く》らしているとか、この周辺にはロイやフルールと同じ『人類種』しかいないとか、そういう内容である。

さすがに色々な人種がこの世界に住んでいること自体は知っていたが、詳しく聞いたことはなく、会ったこともなかったため、実物のエルフを目にして、ロイはかなりの驚きを感じたのである。

そんなことを考えていると、何やら受付の方で、先ほどの少女が、どういうことよ⁉と叫んでいた。ふと隣《となり》から溜息を吐く音が聞こえる。

横を見れば、フルールの顔には、名状《めいじょう》しがたい表情が浮かんでいる。

それを敢えて言葉にするならば……疲労と諦観《ていかん》を混ぜ合わせたようなもの、といったところだろうか。

「どうしたの？　何とも言えないような顔になっちゃってるけど……」

「いやー……ちょっと気付かなくていいことに気付いちゃったというかっすね。エルフは基本、自分達の森から出てこないって言ったじゃないっすか？」

「うん。自分達が生まれ育った環境《かんきょう》で暮らしていくことに満足してるから、だったっけ？」

「エルフは数千年を生きる長命種っすから、あちし達に比べてあまり変化を求めようとしない、ってのもあるらしいっすけどね。でもそんなわけで、エルフが森から出てくるとすぐ話題になるんすよ」

「珍しさから？」

「それもあるっすが、エルフは魔力が豊富で魔法が得意でもあるっすからね。あちし達とは少し常識が違うところもあるせいで、色々な意味で噂になりやすいんす」

どこかで似たような話を聞いたことがある気もしたが、話の先を促《うなが》す。

森から出てきたエルフが噂になりやすい、ということは、フルールは彼女が何者であるのかに気付いた、ということだろうか。

フルールはAランクの冒険者である。

おそらくは、ロイの想像以上に様々な経験を積んでいるはずだ。

そのフルールがこんなに疲れた表情を浮かべるほど、あの少女は厄介な存在なのだろうか。

一体何者だというのか。

そんなロイの思考を読んだかのように、フルールは話を続ける。

「それで、っすね。実は、最近聖神教にエルフが加わったって話を聞いたのを、ふと思い出したんすよ」

「聖神教に？　ああ……ということは、もしかしてあの人がお客様ってこと？」

「……それだけなら、よかったんすがね」

そこで一度言葉を区切ると、フルールは大きな溜息を洩《も》らした。

そして、出来れば口にしたくないと言わんばかりの表情で続ける
「そのエルフは、聖神教の信者からはこんな風に呼ばれてるらしいっす――聖女様《せいじょさま》、と」

聖女、という言葉はロイにとって聞き慣れないものであった。

フルールから教わったことの中にも存在してはおらず……だが、それが歓迎すべき存在でないことぐらいは、フルールの様子を見れば分かる。

そして聖神教の関係者というのであれば、今回フルールが呼び出されたことと無関係ではあるまい。

「……まあ、うん。本当にご愁傷様、ってところかな」

生憎と、ロイにはそれ以外に言えることはなかった。

フルールもそれは分かっているのか、疲れたような顔で苦笑を浮かべる。

「ま、面倒事が待ってるんだろうってのは分かってたっすから……今更って言えば今更っすけど」

「それはそうなんだろうけどね。ところで、厄介そうな相手だってのは分かったんだけど、具体的にはどういう感じなの？　その聖女様っていうのは」

「んー、あちしもそこまで詳しいわけじゃないんすが……確か、聖神教の教えを体現してる人のこと、とかだったはずっすね。立場に関して言えば、まあ言葉通りって感じっす」

「なるほど……」

聖神教の教えがどういうものなのか分からないので、それに関しては何とも言えないところだが、少なくとも立場が低いということはなさそうだ。

「そんな人が来るなんて、本当にどんな用件なんだろうね？」

「どうなんすかねえ……っていうか、随分《ずいぶん》他人事じゃないっすか」

「いや、実際他人事だしね」

「いやあ、分からないっすよ？　だってあの人、ロイさんに声かけてきたじゃないっすか。ということは、ロイさんも関わる可能性は十分あると思うっす」

「まあ確かに何のために訪ねてきたのか分かってないから、可能性がないとは言い切れないけどさ……」

と、そんなことを話していた時のことであった。

件《くだん》の少女が戻って来たのだ。

その目は先ほどよりも吊り上がっており、怒っているのが一目で分かる。

「ちょっと、やっぱりあんたが勇者で合ってるんじゃないのよ……！」

その言葉を聞き、少女がやってきた方向に目を向ける。

そこには見慣れた顔の受付嬢《じょう》の姿があった。

ロイを見て肩をすくめているあたり、どうやら彼女が教えたようである。

少女はお客様なのだし、ギルドのスタッフが嘘を吐くわけにはいくまい。

そもそも誰が悪いのかと言えば、咄嗟のこととはいえ、嘘を吐いてしまったロイである。

責《せ》められる理由はあっても、責める理由はない。

それよりも、目の前の少女に何と言い訳をしたものか。

そう思っていると、フルールが助け舟を出してくれた。

「ちょっと横から口出すことになるっすが、実はその人、最近まで自分が勇者だって自覚がなかったらしいんすよね。それで、さっきは咄嗟に否定しちゃったみたいっす」

「ええ、実はそうなんですよね……すみませんでした」

さすがはフルール、こういう時のフォローもばっちりだと思いながら、ロイは便乗《びんじょう》する形で頭を下げる。

本人は自分をことあるごとに下っ端だと言っているが、こういうことがさり気《げ》なく出来るあたり、やはり優秀なのだ。

もっとも、それで相手が納得してくれるかは話が別であるが。

ここまでのやり取りを聞くだけでも、気の強そうな人物だというのは分かるし、あと何度か頭を下げる必要があるかもしれない。

そう思った直後のことであった。

こちらの言い分を聞くと、意外にも少女は腑《ふ》に落ちたような顔を見せたのだ。

「ああ、そうだったの？　なら仕方ないかしらね……」

「……今の説明で納得するんすか？」

「周囲は自分のことを特別だって思ってるけど、自分はそう思ってない。分からなくはないわ。勇者って名前が世間に広まったのは一年以上前のことだけど、最近自覚したってことは、しばらくは自分が勇者だなんて思いもしていなかったってことでしょ？　なら、そういうことになっても不思議じゃないって思うもの」

そう言って肩をすくめた少女を見て、ロイは、もしかしたら彼女も似たような経験があるのかもしれないと考える。

実感のこもった言葉のように聞こえたからだ。

そして、少女が本当に聖女と呼ばれているというのならば、もしかしたら、その実感はそこに関係していることなのかもしれない。

とはいえ、敢えて詳しく尋ねる気は起こらなかった。

それはどう考えても、自分から厄介事に首を突っ込《つっこ》むのと同義だからだ。

だから、次にロイが口にしたのは別の言葉であった。

「納得してくれたのならありがたいんですが……それで、僕に何か用があった、ということでいいんでしょうか？」

「用というよりは……どちらかと言えば、単に一度会ってみたかった、ってだけのことよ？　勇者がここにいるっていうのなら、そう思うのは当然でしょ？　――少なくとも、今はそれだけよ」

最後にどことなく意味深《いみしん》な言葉を告《つ》げながら、少女は再度肩をすくめる。

そしてそのやり取りで満足したのか、そのままさっさとどこかへ去って行ってしまった。

どういう意味なのか気にはなったものの、さすがに追いかけるわけにはいくまい。

そしてフルールもフルールで、ギルドに来たのはお客様であるあの少女達を迎えるためである。

どことなく疲れたような、何かを諦《あきら》めたような表情を浮かべながら、少女に合わせるように去っていった。

一人残されたロイは、何となくその場を見渡す。

見慣れぬ少女が姿を消したことで、冒険者達もいつもの様子を取り戻しつつあるようだ。

そんな光景を眺めながら、それにしても、と思う。

この街にやってくる冒険者達は、基本的に腕利《うでき》きの冒険者ばかりだということを、既にロイは理解している。

つまりは、それぞれが相応の経験をしているということで、だがそんな彼らにとっても、エルフの姿を見かけるというのは相当に珍しいことであったらしい。

先ほどの戸惑いが、その証拠《しょうこ》だ。

そして、そんな人物がわざわざここにやってきた。

しかも、外に足を運ぶのは珍しいと言われている聖神教の関係者として。

となれば、果たしてどんな理由で来たのか気になるところではあるのだが――

「……ま、僕が気にすることではない、か」

それに関して考えるのは、ギルドの、そしてフルールの役目だ。

頭を軽く振って、考えていたことを追いやると、自分のやるべきことを果たすため、受付に向けて足を動かした。

そもそもロイが今回ギルドにやってきたのは、フルールの付き添《そ》いなどではない。

魔の大森林で倒した魔物を換金《かんきん》するためであった。無駄に手元に残しておくより、換金した方が都合がいいと考えたのである。

ここひと月の間で、すっかり見慣れた受付嬢の下へと辿《たど》り着き、まずは挨拶《あいさつ》でもしようと思ったのとほぼ同時に、受付嬢が口を開く。

「や、さっきはすまなかったね」

先ほどあのエルフの少女に、自分のことを教えたことだろう。

別に気にしてもいないし、受付嬢からすれば尋ねられたことに答えただけで、問題はないと思うのだが……その律儀《りちぎ》な態度に苦笑を浮かべる。

「いえ、そちらの立場からすれば仕方ない……というか、当たり前のことだと思いますから」

「そうかい？　まあ実際のところ、確かにボクの立場からすれば、彼女に嘘を吐くわけにはいかなかったんだけど……キミのことを勝手に教えてしまった事実に違いはないわけだしね」

「特にそれで迷惑《めいわく》らしい迷惑を被《こうむ》ったわけでもありませんから」

そもそもあの少女からされたことといえば、多少話しかけられたぐらいだ。

その程度のことを迷惑と感じるほど、ロイは狭量《きょうりょう》ではなかった。

「そう言ってくれると助かるんだけど……それだけだとボクの気が済まないかな」

「本当に気にしなくていいんですけどね。いつも世話になってますし」

「それがボクの職務《しょくむ》だからね。それこそ当然のことで、それを理由に何かをチャラにするようなことがあったら、むしろその方が問題さ。とはいえ、お返しに出来ることも少ないからなぁ。じゃあ、詫《わ》び代わりというわけじゃないけど、今何か知りたいことがあったりしないかい？」

「知りたいこと、ですか？」

「困ってること、って言おうにも、キミが困るようなことをボクがどうにか出来るとも思えないし、あまり深く関わりすぎてしまうと、今度は職務規定の方に抵触《ていしょく》しちゃうしね。その辺が落としどころかな、と。もちろん、何でも答えられるわけでもないけどね」

本当に気にする必要はないのだが……冒険者ギルドの職員として、変に借りを作りたくない、ということなのかもしれない。

受付嬢は冒険者に深入りしないよう、一定の線を引いていると聞く。

それは特定の個人を贔屓《ひいき》してしまわないためであり……冒険者の命が安いためでもある。送り出した冒険者が戻ってこなくとも構わないように、あらかじめ距離を置いておくのだ。

そういうことならば、ここは遠慮《えんりょ》せずに尋ねておいた方がよさそうである。

幸いにも、ちょうどロイには気になっていることがあった。

「じゃあ……折角ですから、お言葉に甘えて」

「うん、ボクを助けると思って、是非《ぜひ》そうして欲しい」

「えっと、さっきの人なんですが……聖神教の人、って聞きましたが、合ってますか？」

「うん？　どうしてそれを……って、ああ、フルールちゃんから聞いたのかな？　そうだね、その通りだけど……まさかそれが知りたいこと、ってわけじゃないよね？」

「まあ一応の確認ですね。それで、もう一つ聞きたいんですが……彼らは、本来あまり外に出ないって聞いたんですけど、それも合ってますか？」

「ふむ……どちらもその通り、だね。なるほど、キミが何を聞きたいのか大体分かったような気がするなぁ……それで？　キミはそれらの情報を前提とした上で、何を聞きたいんだい？」

「彼女が……いえ、彼女達が、何をしにここに来たのか、ということです」

そう、ロイが聞こうとしたこととは、先ほどのフルールとの話に関連することであった。

まあ、ないと思いたいが、この街に来たということは、自分も何らかの形で巻き込まれないとも限らない。

ならば、多少情報を入手しておいても損《そん》はあるまい。

と、そう思った、のだが――

「んー……ま、いいかな。本当は部外者に話せない情報もあるんだけど、どうせキミは無関係じゃいられないだろうからね。キミ自身も薄々気付いているようだけど。むしろ後々のことを考えれば、キミも知っておいた方がいいだろうし、うん、これは確かに色々な意味でちょうどよかったかな？」

「え……？」

何やら意味深な言葉を並べる受付嬢にロイは困惑するが、彼女は気に留《と》めない。

にっこりと笑《え》みを浮かべると、そのまま話を続けた。

「――邪神。端的に言ってしまうならば、彼女達がここに来たのは、それが理由ってところかな」

◆◆◆

受付から離れたロイは、思わず息を吐き出した。

一通りの話を聞いた……というか、聞かされたことで、さすがに僅《わず》かな疲れを感じたのだ。

とはいえ、聞かなかった方がよかったとは思わないし、色々とためになる情報を得ることは出来た。

それに、受付嬢の言っていたことも、間違いではないのだ。

好き好《この》んで首を突っ込もうとは思わないが、確かに、何らかの形で関わることになるのだろうと、覚悟していたのは事実である。

関係者のあの少女がわざわざ自分に話しかけて来たのだ。

顔を見に来ただけだと言っていたが、本当にそのためだけに来たと思うほど、ロイは楽天的ではない。

「邪神、か……」

彼女達がここに来た目的を思い出し、つい溜息が漏れる。

と、その時であった。

「——あれ？　ロイさん、ですか？」

不意に聞こえた声の主へと、反射的に視線を向ける。

その先にいたのは、見覚えのある桃色の髪の少女だ。

ロイがお世話になっている宿の看板娘である彼女——セリアは、ロイのことを見つめながら僅かに首を傾げる。

ロイもまた、彼女とここで出会ったことに疑問を覚えた。

何故彼女が、普段より遅い時間にギルドにいるのだろうかと思ったからだ。

彼女がここに来ていること自体は、それほど不思議なことではない。

ひと月前から毎日のように通い、彼女の父が遺《のこ》した街の結界についてなど、色々なことをあの受付嬢から学んでいるからだ。

ただ、彼女の家が宿屋を営《いとな》み、それを手伝っている関係上、彼女が自由に使える時間は少ない。そのため、ギルドに来るのはもう少し早い時間のはずだが……と、そこまで考えたところで、ふと思い出した。

「ああ、そっか……そういえば、今日は少し遅くなるとか言ってたっけ？」

「あ、はい、今日うちに泊まる方々への準備のために、朝は少し忙しかったので。冒険者ギルドから直々《じきじき》に頼まれてしまいましたし……宿泊客が誰なのかは教えてもらえませんでしたが、念のため、しっかりとした準備をする必要があると思いましたので」

「ああ、うん、今朝《けさ》そういう話を聞いてたのを、今思い出したよ」

　自分には大して関わりのないことだろうと思って、あまり意識して聞いてはいなかったが……なるほど、と一つ息を吐き出す。

　それが一体何者なのか、今のロイには簡単に予測出来た。

　だがそうだと決まったわけでもないので、一先《ひとま》ずそれを伝えることは控えておく。

「で、その後でギルドで勉強、か……相変わらず頑張ってるね」

「わたしがやりたくてやってることですから。ところで、そういうロイさんこそ、今日は戻るのが早くないですか？　……もしかして、何かあった、とか？」

「いや……単に今日はフルールの用事で、早めに切り上げることになったんだ」

　ロイがそう告げると、セリアはそうですかと安堵《あんど》の息を吐き出した。

彼女自身も巻き込まれた、この街を襲った事件からまだひと月程度しか経ってはいない。

ついそれを思い出し、もしやまたかと思ってしまったのだろう。

まあ、ある意味でその懸念《けねん》は外《はず》れてはいないのだが……ここでそれを告げる必要はあるまい。

聖神教の人達がこれからどうするつもりなのかは、まだ分からないのだ。

特に何もせずに訪問を終える可能性だってある。

「……ま、さすがにそれは、ちょっと都合よく考えすぎだろうけどね」

「ロイさん……？」

「ああ、ごめん。独《ひと》り言《ごと》だから気にしないで」

「そうですか……？」

不思議そうに見つめてくるセリアを一瞥《いちべつ》し、さてと呟く。

本来ここに来た目的である素材の換金は既に済んでいるし、もうギルドに用事はない。

「それじゃ、僕はそろそろ行こうかな」

「あ、はい……ごめんなさい、邪魔をしてしまいましたよね」

「いや、僕は別に構わないんだけど、セリアはそうじゃないでしょ？」

「わたしも一応約束の時間にはまだ余裕があるのですが……いえ、こちらは教えを請《こ》うべき立場なのですから、確かになるべく早く行っておいた方がいいですよね」

「まあ、程度にもよるだろうけど……ちょうど今は暇《ひま》そうだしね」

言いながら先ほど離れた場所へと視線を向ければ、件の受付嬢の前には誰の姿もなかった。

そのせいか、顔には受付嬢らしい笑みを浮かべてはいるが、どことなく暇を持て余していそうな雰囲気がある。

と、彼女と不意に目が合った。

かと思うと、受付嬢はほんの僅かにその口元を持ち上げる。

どことなく意味ありげなその様子に、自然と先ほどの話が思い返され、ロイは溜息を吐き出した。

やはりと言うべきか、楽天的に考えるべきではなさそうである。

「……ロイさんって、もしかしてあの人と以前からお知り合いだったんですか？」

「うん？　どうしたの、突然？」

「いえ……何となく目と目で分かり合っているように見えたもので……」

むぅ、とどことなく不満気《ふまんげ》にそう口にするセリアに、ロイは苦笑を浮かべた。

確かに、何となく向こうの言いたいことが分かったのは否定しないが――

「少なくとも、僕はあの人とここで初めて会ったかな」

「そうなんですか？　……それにしては」

「親しそうに見えてるんだとしたら、気のせい……だとは言わないけど、多分思ってるような関係じゃないのは確かだよ。まあ、少なくとも今は、冒険者と受付嬢って認識が一番しっくりくると思うけど」

それ以上でもなければ、それ以下でもない。

しかし、その言葉はセリアにとって納得のいくものではなかったらしい。

不満そうな視線を向けられたままで、ロイは困った表情をする。

それ以外に言いようがないのは事実だ。

「むぅ……まあ、いいですけれど。それではわたしはそろそろ行きますね」

「うん、また後でね」

そう言って去っていくセリアの後ろ姿を見送る。

この場でやることは既になくなり、手持ち無沙汰《ぶさた》である。

一瞬、ここに残って、受付嬢がセリアに余計なことを話さないか見ていこうかと思ったが、さすがにやめておく。

いくら何でも彼女にまで、むやみやたらに色々と話すことはしないだろう。

「うーん……ない、よねえ……？」

今日自分がされた対応を思い返してみれば、いまいち信用出来ない気もしたが、そこは信じるしかあるまい。

自分が同席しようものなら、むしろあの人は嬉々《きき》として余計なことを教えそうだ。

まだひと月程度の付き合いしかないものの、そういったことをする相手だということは十分に理解出来ていた。

「ま……とりあえずは、帰るとしようかな」

別に帰ったところで何か用事があるわけでもないのだが……と、そこまで考えたところで、ふと気付く。

帰る、という言葉を当たり前に使ったことに。

どうやらロイの中では、セリア達家族の営むあの宿が、自分の帰る場所だという認識になっていたらしい。当初はもっと色々な宿を試《ため》すつもりだったのだが……まあ、居心地《いごこち》のいい宿を見つけることが出来たのだから、問題はあるまい。

他にもっと居心地のいい宿もあるのかもしれないが、あそこで十分満足している。

敢えてあるかも分からないものを探《さが》す必要はない。

そう考え、ロイはすっかり馴染《なじ》みとなった宿へと帰るべく、ギルドを後にするのであった。

◆◆◆

宿へと向かうまでの街並みは、相変わらずの賑《にぎ》わいであった。

下手《へた》をすればひと月前に滅んでいたとは思えないほどの盛況《せいきょう》ぶりで……いや、あの頃よりもさらに賑わいは増しているかもしれない。

それはきっと、ギルドがひと月前に発表したことと無関係ではない。

停滞《ていたい》していた開拓事業を再開すると、発表したのだ。

正直ロイにはいまいちピンと来ないのだが、それは多くの人達に驚きとともに喜びを与えるものであったらしい。

そしてそれによって、この街には、ひと月前より多くの人達が訪れるようになったのだ。

それ以前の街並みをそれほど知るわけではないロイにとっては、気持ち人が増えたかな、程度だが、セリアの話では確実に増えているとのことだ。

もっとも、今は期待が先行している状態で、この状況が続くかどうかは冒険者次第らしい。

冒険者ギルドがこの街を管理していることもあり、開拓の中心となるのは冒険者だからだ。

そんなことを他人事のように思ってしまうのは、ロイが冒険者になった理由も、ここに来た理由も、そういったものとは関係ないからである。

ギルド側からは、それとなく中心人物として参加して欲しいと伝えられてはいるのだが……どうしたものかと決めあぐねていた。

未知のものに挑《いど》むという行為をまったく魅力的《みりょくてき》に思わない、と言ってしまえば嘘になる。

それを可能とするための力が自分にあるらしいということも、最近では何とか自覚出来るようになってはいる。

だがそれでも、ロイの中では、自分はどうしても脇役《わきやく》だという認識が抜けないのだ。

何かの中心になったり、誰かを引っ張っていったり……そんな自分を、どうしたって想像することが出来ない。

「……僕の中では、やっぱりいつまで経っても、あの頃の感覚が抜けないってことなんだろうなぁ」

頭に浮かぶのは、魔王討伐《とうばつ》隊に加わるよりも、ここに来るよりもさらに前の頃。

英雄と呼ばれるに相応《ふさわ》しい人達と、その端《はし》にすら引っかかることのなかった自分の姿だ。

それはひと月ほど前の自分のように、自覚がなかったというわけではなく、純然《じゅんぜん》たる事実である。

おそらくは今のロイですら遠く及《およ》ばないほどに、かつて彼の周りにいた人達は強かったのだ。

そんな人達のことを思えば、自分が周りから言われているほどの人物だとは到底思えなかった。

「ま……何にせよまずは、常識を覚えてから、かな」

その頃になればさすがに、もう少し周囲と自分のことも理解出来るようになっているはずだ。

それから今後のことを考えても遅くはあるまい。

ギルドからは返事を急《せ》かされるかもしれないし、その間フルールには引き続き迷惑をかけることになりそうだが……そこは勘弁《かんべん》してもらうしかないだろう。

そうしてここが合わないと思ったら……いずれ出て行くことも考えてはいた。

「本当に居心地がいいから、出来ればそんな選択はしたくないんだけどね……」

だがここは、当初思っていたような、のんびり出来る場所ではなかったのだ。

前に進もうとしている人達がいて、自分がその邪魔にしかならないのならば、出て行くしかあるまい。

と、そんなことを考えている間に、宿へと辿り着いた。

その建物を目にした瞬間、反射的に「帰ってきた」という気持ちになるあたり、本当にここに馴染んだのだなと実感する。

やはり、出来ればここにもっといたいものではあるが……とりあえずそれは追々《おいおい》だ。

その判断を正確に行うためにも、今は色々なことを経験すべきだろう。

そう思いつつ、扉を開けて中に入る。

反射的にか、中にいた人達の視線が一斉にこちらに向けられ――

「……あれ？」

その顔ぶれを眺めて、ロイは首を傾げた。

数人の客と思《おぼ》しき人達がいるのはいい。

彼らはここの常連客だ。

予想外だったのは、その中に見知った顔が交ざっていたからであった。

「……シルヴィ？」

「……ん、久しぶり」

ひと月ぶりの再会だというのに、特に感慨《かんがい》にふけるでもないシルヴィに、思わずロイは目を瞬《しばた》かせる。

しかし直後に、彼女らしいと思い、苦笑を浮かべた。

シルヴィは隣国《りんごく》に仕《つか》えている魔導士であるため、気軽にどこにでも行けるほど、その身は軽くない。

ゆえにこそ、唐突に姿を見せたことは想定外であり、驚いたのだが……その驚きが引いてくると、今度は疑問が浮かび上がってくる。

自然と警戒心が湧《わ》き、ロイは僅かに目を細めてシルヴィを見つめた。

「ひと月ぶりっていうのが、久しぶりになるかは微妙《びみょう》なところな気がするけど……まあ、うん、久しぶり。でも、突然どうしたの？　……もしかして、また何かあった、とか？」

そう、前回シルヴィがやってきたのは、この街が厄介事に巻き込まれていた時であった。

であれば、もしや今回も、と考えるのは自然なことだろう。

だが、シルヴィはそんな疑問に、相変わらずの無表情で答える。

「……あったと言えば、あった？」

「……なんか随分曖昧《あいまい》な言い方だね？」

「……私がここに来たのに、あることが関わっているのは事実。でもそれは、この街とは関係がない」

「関係がないのに、ここに来たってこと？」

「……ん。ここに来るのが、色々な意味で最善だと判断した」

そう言ってジッと見つめてくるシルヴィに、ロイは首を傾げる。

この宿に来たという時点で、自分に用事があるのだろうと推測していた。それ以外で、多忙なシルヴィがこの宿を訪れることはないと思ったからだ。

肝心《かんじん》のシルヴィが訪ねてきた理由も心当たりがないわけではない。

……正確に言うならば、一つだけ彼女が関わっていてもおかしくなさそうなことを知っている。

「んー……それってもしかして、邪……聖神教とかが関係してたり、する？」

一瞬邪神と口に出しそうになり、慌《あわ》てて言い換《か》えた。

ここは宿のロビーであり、普通の客も周囲にいるのだ。

特に口止めはされなかったが……注意しておいて損はあるまい。

それに、シルヴィの言っていることとロイが思い浮かべたものが同じならば、これで通じるだろう。

そして、それだけで彼女は意図を察したようであった。

直後にはっきりと頷く。

「……ん、関係してる。私がこの街に来たのは、あの人達がここに来ると聞いたのも理由の一つだから」

「そっか……」

さらなる厄介事に繋がりそうな気がするため、出来れば否定して欲しかったのだが、残念なことにロイの推測は合っていたようだ。

とはいえ、そうなると、今度は別の疑問が浮かぶ。

「でも、それならどうしてこの宿に？　彼女達に用事があるんなら、ギルドに行くべきな気がするけど……」

「……それも考えた。でも、さっきも言ったように、ここに来て貴方《あなた》に会うのが最善だと判断した。私がこの件に、関わるためには」

「シルヴィが、関わるために……？」

てっきり既に関わっていて、ロイにはその協力要請《ようせい》でもしに来たのかと思っていたのだが、どうやら違うらしい。

だが、ロイに会ったら関われるようになる、とはどういうことだろうか。

確かに受付嬢に話を聞いた限りでは、ロイが関わる可能性は否定出来なかったものの、聖神教の関係者達とは知り合いと呼べるような間柄《あいだがら》ですらないのだ。

口利《くちき》きぐらいならば出来るかもしれないが、それはシルヴィ自身が行っても大差はあるまい。

しかしそんな疑問を口にしようとした瞬間、ふと外の方から声が聞こえた。

もちろん、それ自体はおかしなことではないが、その声に聞き覚えがあったとなれば話は別だ。

しかもそれは、今ここで聞こえるはずのないもので——

「あれ、この声って……」

そう呟いた直後のことであった。

入り口の扉が開いたかと思えば、そこから予想通りの人物が姿を見せた。

「えっと……というわけで、ここがわたし達が営んでいる宿になります」

声の正体《しょうたい》は、セリアであった。

つい先ほど別れたばかりであり、今頃はあの受付嬢から勉強を教わっているはずの彼女が何故、と思ったものの、その疑問はすぐに別の疑問によって塗《ぬ》り潰《つぶ》される。

セリアに続いて、他にも姿を見せた人物がいたからだ。

「そういえば、考えてみたらあちしがここに来るのは初めてっすね。へー、こういうところだったんすねえ」

そんなことを言いながら入ってきたのは、ギルドで別れたフルール。

さらに、

「へえ……ここがそうなのね。うん、思ったよりも小さかったけど、中は結構悪くないいんじゃないかしら？」

金色の髪に同色の瞳、特徴的な耳を持つ、先ほどロイに声をかけてきた少女の姿もあった。彼女は、宿の中を見渡しながら、感心したように呟いている。

聖神教で聖女と呼ばれているらしいそんな少女の姿を眺めつつ、ロイは眉をひそめる。

これは一体どういう状況なのだろうかと思っていると、ふとセリアと目が合った。

僅かに目が見開かれ、あ、という形に口が開いたことを考えると、ロイがここにいると今気付いたらしい。

特に隠れていたわけではないのだが、何故か緊張《きんちょう》しているように見えるので、そのせいだろうか。

まあ、ちょうどいいタイミングではあるし、あれこれ考えるよりも直接話を聞いた方が早そうだ、とロイは声をかけようとするが……結局実行には移さなかった。

それよりも先に、セリア達に続いて、さらに二つの影が宿の中へと入ってきたからだ。

「あら……確かにこれは、中々に雰囲気の良い宿ですわね」

「そう言ってくれるなら、ボクも紹介した甲斐《かい》があったってものだよ」

そんなことを言いながら入ってきたうちの一人は、先ほども会ったばかりの受付嬢だ。

まだ業務時間内のはずだが……これも業務のうちなのかもしれない。

そう思うのは、もう一人の見知らぬ女性が何者であるのか予想出来たからである。

もっとも、そのせいでロイの中には別の疑問が湧いていた。

すると今度は、受付嬢と目が合う。

「おや……ロイ君じゃないか。これは奇遇《きぐう》だね……っていうのは、さすがに少し白々《しらじら》しいかな？」

「……まあ、そうですね。僕がここに泊まっていることを知っている時点で、僕がもう帰ってきていてもおかしくないことは十分予想出来てたでしょうし」

セリアならばともかく、その程度のことが予想出来なくては、受付嬢などやってはいられまい。

そして実際その通りだったようで、受付嬢はただ肩をすくめただけであった。

セリアの反応から考えて、ロイに用事があったわけではなさそうだが……しかし、その疑問を口にすることは再び叶わなかった。

隣からポツリと、思わずといった様子で漏れた声が聞こえたからだ。

「………貴女《あなた》は」

半ば反射的に視線を横に向ければ、いつもほとんど変わることのないシルヴィが、一目で分かるほどに驚愕《きょうがく》していた。

「……まさかキミもいるとはね。これこそ本当に奇遇だ」

どうやら受付嬢にとっても、シルヴィに会うのは予想外だったようだ。

ロイと会った時とは異なり、しっかり驚きの表情をしていたからだ。

「えっと……二人は知り合い？」

ロイの問いに、シルヴィが口を開いた。

「……以前に一度会ったことがある」

「そうだね。まあでも、そんな大した仲ってわけじゃないさ。関係の深さなら、キミの方が上だろうからね」

本当に大した仲でないのならば、二人ともここまで大きな反応を見せることはない。

しかし、聞いて答えてくれるようなら、最初から話しているだろう。

決して悪い雰囲気というわけではないし、それよりも優先して気にすべきことがあったため、今のやり取りを思考から追い払う。

受付嬢の戯言《たわごと》を聞き流しながら、その隣にいる、紫色の髪と瞳を持つ女性へと視線を向けると、彼女はこちらに気付き、ニコリと笑みを返してきた。

「初めまして、ですわね。そのうちお会いしたいと思ってはいましたけれど……ここまで早くお会いすることが出来るとは、僥倖《ぎょうこう》ですわ」

「……そうですね、初めまして。ですがその言い方からすると、僕が誰なのか既にご存知みたいですね？」

一冒険者に対するものとしては、あまりにも大仰《おおぎょう》な態度であるし、そもそもただの冒険者にわざわざ会いたいなどと思う者はいまい。

つまり彼女は、最初からロイの正体を……勇者のことを知っていたということだ。

とはいえ、ロイが自分が勇者だと中々自覚出来なかった原因の一つでもあるように、勇者の情報というのは、世間に驚くほど広まってはいない。

ここひと月の間に少しずつ広まり始めていると聞いてはいるが、それでもロイの姿を見てすぐさま勇者だと気付くのは容易ではないはずだ。

となると、誰かが教えたという可能性が高い。

心当たりのある存在に視線を向けると――

「まあ、聖女様に話したことを考えれば、ボクのことを疑《うたが》うのは当然だろうけど、今回ばかりはボクの仕業ではないよ？　確かにここに来るまでに彼女とは幾《いく》つかの言葉を交わしたけれど、キミのことは話題にすら上がらなかったからね」

「そちらの方がおっしゃる通りですわ。わたくしが貴方のことを知っていたのは、独自《どくじ》の情報網《もう》によるものですもの」

「独自の情報網、ですか……」

ちらりと金髪の少女へと視線を向けるが、その言い方からすると、彼女から聞いたということでもないのだろう。

あまり大きくはないと聞いていたが、組織の中でも色々とあるということか。

「そういえば、自己紹介がまだでしたわね。聖神教の信徒にして第一使徒《しと》を名乗らせていただいております、テレーズと申しますわ。以後お見知りおきを――勇者様」

そう言って、その女性――テレーズは、どことなく底の知れない笑みを浮かべながら頭を下げた。

ただの初対面の挨拶というには、何となく思うところはあったが、敢えてそれを指摘するのも気が引ける。

考えた末、結局ロイは普通の挨拶を返すことにした。

「……正直、自分では相応しくないと思う呼ばれ方をすることもありますが、少なくとも今はただのFランクの冒険者のロイです。今後関わることがあるかは分かりませんが、よろしくお願いします」

そう告げると、テレーズは、あら、と呟いて笑みを深めた。

そこにどんな意味があるのかは分からなかったが……どうやらそれに関して触《ふ》れるつもりはないようだ。

「そうですの……それでは改めまして、よろしくお願いしますわ、ロイ様。ああそれと、わたくしに丁寧《ていねい》な言葉遣《づか》いをする必要はありませんわよ？　聖神教の中ではそこその地位にいますけれど、所詮は小さな宗教組織。人から尊敬《そんけい》されるほどの立派な人間とは、口が裂《さ》けても言えませんもの」

「それなら、僕に対してもそうして欲しいんですが……僕なんてそれこそただの新人冒険者ですし」

「いえ、幾《いく》ら小さいとはいえ、わたくしがそれなりの地位にいることに違いはありませんもの。相手の立場によって自《みずか》らの態度を変えてはならず、常に敬《うやま》う心を忘れてはならない、ということを率先《そっせん》して示す必要がありますわ」

「それは、聖神教の規範《きはん》か何かで？」

「規範というよりも、ただの心構え、のようなものですわね。けれど、代々伝えられているものですから、わたくしも守らなければならないものだと思っているのですわ。我らの神から直接示していただいたものだとも言われていますし」

「……そうですか」

頭が固い、というわけではなさそうだが、敬虔《けいけん》、といったところだろうか。

まあ、第一使徒と言うほどだから、これくらい信仰心が篤《あつ》いのも当然なのだろう。

「それに、年も近いようですから、尚更ですわ」

「え、そうなんですか？」

そこまで詳しいわけではないが、ロイも一応、聖神教に関してある程度のことは聞いている。

聖神教には司祭などの役職が存在せず、その代わりに使徒という称号が存在していること。

それは第七から第一まで存在していて、数字が小さくなるほどに聖神教内での地位が高くなること。

つまり第一使徒とは、聖神教内で最上位の人物のみが名乗ることを許された称号なのだ。

かなり長く組織に身を置き、経験を積まなければ辿り着けない地位だとロイは認識していた。

だから、二十代ぐらいに見えるテレーズだが、実年齢はもっと上なのだろうと勝手に思っていたのだが――

「ええ。具体的な年齢はさすがにお教え出来ませんけれど、まだ三十年も生きてはいませんもの。少なくとも、それほど離れてはいないはずですわ」

「なるほど……それなら確かに、そうですね」

と、頷いた瞬間であった。

「え、そうなんですか⁉」

先ほどロイが口にしたのと同じ言葉を、今度はセリアが言い放った。

今まではずっとロイ達の様子を窺《うかが》うようにしていたのだが、思わず、といった感じである。

テレーズと同年代だという話から、ロイのおおよその年齢が分かったことに、驚いた様子であった。

セリアの意外そうな反応に、ロイは微妙な表情を浮かべながら、話を続ける。

「まあ、彼女が言う通りなら、そういうことになるかな。そういえば言ったことはなかったけど、僕はこれでも一応二十五だからね」

「……それって、年齢の話、ですよね？」

「ここで年齢以外の話になったらびっくりっすからね。いえまあ、あちしも驚いてるんすが。確かに時折大人びて見えてたというか、年上っぽいなと思ったことはあったっすが……」

「わたしも、年上なのかな、と思うことは度々ありましたが……まさかそこまで年が離れていたとは……」

セリア同様、様子見《ようすみ》をしていたフルールだが、ロイの年齢の話を聞き、そんなものは吹っ飛んだようだ。

セリアとフルールがそんな会話を交わしているのを眺めながら、ロイは苦笑を浮かべた。

自分が年齢相応に見られないというのは自覚していた。

だから二人の反応は予想通りだったのである。

特に伝える必要があるとは思っていなかったが、ここまで驚愕されるなら、事前に知らせておいてもよかったのかもしれない。

そんなことを思いながら何となくその場を見渡してみたのだが、意外にもと言うべきか、驚いていたのはセリア達二人だけであった。

どうやらロイの年齢を知っていたらしいテレーズと、確実に知っているだろう受付嬢はもとより、シルヴィにも驚いている様子は見られなかった。

まあ元々表情を顔に出さないタイプなので、驚く方が珍しい人物ではあるが……

「シルヴィにも、年齢を教えたことはなかったはずだけど……」

「……ん、別に衝撃を受けるほどではないから。そもそも、年齢とかはどうでもいい」

「そっか……」

正直なところ、好きで見た目の年齢詐称《さしょう》をしているわけではないので、そう言ってくれるのはありがたい。

思わず安堵の息を吐き出したところで、何故かセリアとフルールが声を上げた。

「あ、驚いたというだけで、わたしも別にロイさんが何歳であろうと気にはしていませんよ⁉」

「あちしもっす！　別にロイさんが何歳だろうと関係ないっす！」

「いや、何の主張なの、それは」

妙に勢いのある様子に、先ほどとは違う意味でつい苦笑いしてしまう。

それから、何となくまだ反応を確認していなかった最後の一人へと視線を向ければ、その金髪の少女は何故か不思議そうに首を傾げていた。

「ふーん……人類種は年齢と見た目にかなりの差があるって聞いてたし、今まで見てきた人類種は確かに大体そんな感じだったけど……あんたはちょっと違うのね。もしかしてあんたも長命種の血を引いてたりするわけ？」

「いえ、僕はれっきとした人類種ですよ？　混じり気《け》なしの」

そう答えながら、ロイは感心のようなものも覚えていた。

人類種が年齢と見た目に差があるというのは、初めて耳にする言い回しだが、エルフのような長命種からすればそう見える、ということなのだろう。

話によれば、エルフは時に数千年を生き、しかもその大半を人類種で言うところの十代や二十代の姿で過ごすという。

人類種から見れば、そんなエルフは見た目と年齢に違いがあるということになるが、エルフから見た人類種達もそう見えるということか。

種族間の認識の違いを面白《おもしろ》く感じていると、ふと何かに気付いたように少女が口が開いた。

「そういえば、あたしも自己紹介はまだだったわね。ちょうどいいし、この流れでついでにしちゃいましょうか。とは言っても……いえ。まあ、いいわ。聖神教で居候《いそうろう》のようなものをさせてもらっている、アリエルよ。よろしく」

「居候……？」

居候どころか聖女という話だったはずだが……フルールへ視線を向けてみれば肩をすくめられ、受付嬢に向けてみても同じような反応を返された。

なるほど、どうやら訳有りということらしい。

聞いた話によれば、聖神教の信徒の中でも、上位層は全て使徒を名乗るという。

そんな中で一人だけ聖女という扱いをされている時点で、その特別さは分かるというものだが、それだけでは済まないようだ。

とはいえ、そこを問いただすということは、すなわち首を突っ込むということでもある。

今のところその必要性は感じられないので、一先ずそこはスルーし、そろそろ先ほどからずっと気になっていたことを聞くことにした。

「そうですね……まあ、これ以上関わることがあるかは分からないですが、よろしく、ということで……ところで、さっきから気になってはいたんですが、どうして皆はここに？　正直よく分からない組み合わせですし、わざわざここに来る理由も思い当たらないんですが……」

ここはあくまで普通の宿である。

シルヴィの姿を見た時にも思ったが、本来彼女達が来るような場所ではないのだ。

となれば、何か特別な理由があるということになるが……そう思って受付嬢を見つめれば、この中で最も事情を知っているだろう人物は、先ほどと同様肩をすくめるだけだった。

「まあ、そうだね……端的に結論を言っちゃえば、ボク達がここに来たのは、話をするためってところかな。とはいえ、そこの二人はギルドのお客様なわけだから、本来そういうのは全てギルドですべきなんだけど……あの場でボクが話に参加するってことは、ギルドが公的に認めた、ってことになっちゃうからね。どこか別の場所で話す必要があってね。で、セリアちゃんにも関係があることだから、ここがちょうどいいだろうっていう結論になったのさ」

受付嬢の発言は、言い換えれば、公的に認めたらまずいような話をこれからしようとしている、ということでもある。

そう思って受付嬢を見つめてみても、曖昧な反応しか返ってこない。

どうやら積極的《せっきょくてき》に認めるつもりはないが、否定も出来ない、ということらしい。

思わず目を細めると、受付嬢は観念《かんねん》したように口を開いた。

「いや、別に危険な話をしようってわけじゃないんだよ？　ただ、ちょっとギルドの体面に関わってくるっていうかね」

「体面、ですか……？」

「うん。とはいえ、本来ならそこまで気にするようなことではないんだよね。関わってくるのは、言ってしまえば私物化《しぶつか》してしまうから。だけど、ほら……今は時期がちょっとさ」

「ああ……そういえば、そんな話も聞きましたね」

冒険者やギルドの職員が、一つの街を陥《おとしい》れようとした。

その事実は、世間からのギルドに対する信頼を随分と損《そこ》ねたらしい。

この街にいて特にそういったことを感じる場面はないのだが、受付嬢だけではなく、フルールも同じようなことを言っていたので間違いないのだろう。

そんな今だからこそ、これ以上評判が落ちてしまわないよう神経質なまでに注意している、ということのようだ。

「まあ、ギルドで話したところで、基本的には密室で話すことになるわけだから、普通に考えれば何を話していたかなんて漏れようがないいんだけどね……それでも、絶対とは言い切れないからさ」

言いながらちらりと聖神教の二人へと視線を向けたのは、当事者である彼女達がうっかりギルドの人間に話してしまう可能性がある、ということか。

見方次第では非常に失礼な態度ではあるが、彼女達もそうした疑いをもたれてしまうというのは承知《しょうち》の上なのだろう。

特に怒るでもなく、黙《だま》って受付嬢の言葉を聞いていた。

「別に彼女達を信じていないってわけじゃないんだけど、これぱっかりはさすがにね。申し訳ないと思ってはいるんだけど……」

「いえ、理解していますから大丈夫ですわ。わたくしは『アレ』を手に入れたとしても人類のため以外に用《もち》いるつもりはありませんが、言葉だけではどうとでも取り繕《つくろ》えますもの。残念なことに、無条件で信じていただけるほどの関係ではないわけですし」

「そう言ってくれると助かるよ」

そんなやり取りをしている二人を眺めながら、ロイは再度目を細めた。

二人は今のやり取りで済んだようだが、ロイはそうではないのだ。

そして、そんなロイの視線からその心境を感じ取ったのか、受付嬢が苦笑を浮かべる。

「……どうやらキミは今の話では納得してくれないみたいだね」

「そりゃそうですよ。今言ったのは結局のところそっちの都合でしかありませんし……そもそもの話、僕が不満に思ってるのはそういうことではありませんしね」

正直に言ってしまえば、ロイとしては彼女達が危険な話をしようとしているのだとしても、それ自体は別に構わないのである。

聖神教の二人は分からないが、少なくとも受付嬢やフルールは、相応の覚悟を持ってこの場にいるのだろうし、それを求められる立場にあるのだ。

だから受付嬢達がここでどんな話をしようとも、気にする必要はないと思っている。

だが、それは、話し合いの当事者として覚悟を持っている者であれば、の話である。

「僕が言いたいのは、どうしてそんな話に一般人の彼女を巻き込もうとしているのか、ということです」

そう言いつつセリアを見やれば、彼女はきょとんとした顔をしていた。

自分が関わってくると思ってはいなかったのか、不思議そうにロイを見つめ返し、瞬《まばた》きを繰《く》り返す。

そして、そうしているうちに、ようやく気付いたらしい。

「……え？　わたし、ですか？」

「うん。セリアの立場は色々と複雑ではあるけど、それでも一般人には変わりないからね」

そんな人間を、ギルドが公的には出来ない話し合いに巻き込もうというのだ。

不満を覚えるのは当然のことである。

しかし、そう思った直後であった。

予想外にもと言うべきか、セリアが首を横に振ったのだ。

「……いえ、心配してくださるのは嬉《うれ》しいですが、わたしは大丈夫です」

「……セリア？」

「巻き込まれていない……とは言えませんし、ギルドのお客様をうちに案内するということもあって、正直なところかなり緊張してもいます。ですが……わたしはわたしの意志で、ここにいることを決めました。ですから、わたしは大丈夫です」

そう言うセリアの瞳には、強い意思が込められていた。

その目を見て、ロイはふとセリアと初めて会った時のことを思い出す。

そして同時に、自分の思い違いを悟《さと》った。

そうだ、セリアは決してか弱いだけの少女ではないのだ。

一般人には違いなくとも、過去には母のために自らの命も顧《かえり》みず危険な森へ赴《おもむ》いたほど、強い心を持っている。

そんな少女が、ただ巻き込まれ、流されているだけのはずがなかった。

「……そっか。余計なお世話だったみたいだね」

「キミはちょっと過保護《かほご》すぎるのさ。彼女だって既に成人してるんだから、もうちょっと信じてあげてもいいと思うけどね」

「いえ、セリアのことは信じていますよ？　ただ、ちょっとそれ以上にいまいち信じきれない人がいるもので……」

「なるほど、それは確かに心配にもなりそうだ。まあボクには一体誰のことなのか見当も付かないけど」

本当は分かっているだろうに、とぼけたようにそう言うと、受付嬢はふと何かを思い付いたような顔で続けて口を開いた。

「というか、そこまで心配ならキミも一緒にどうだい？」

「僕が、ですか？　……ギルドでは話せないようなことを話すんですよね？」

「キミなら誰も反対はしないだろうからね」

言われて集まったメンバーの顔を見れば、確かに反対しそうな者はいないようであった。

だがロイは特に悩《なや》むでもなく、即座に首を横に振る。

「いえ、やめときます」

気にならないと言えば嘘になるが、それだけで首を突っ込むのは、それこそ過保護すぎるというものだろう。

セリアが自分の意思で決めたというのならば、任《まか》せるまでだ。

と、その時のことであった。

「……なら、代わりに私が参加したい」

シルヴィがそう言って、小さく挙手《きょしゅ》したのだ。

その行動に一瞬驚いたものの、シルヴィがここに来た目的を思い出し、納得する。

彼女達に関わろうとするならば、確かにここはチャンスだといえる。

しかし、そんなシルヴィのことを見つめると、受付嬢は少し困ったような表情を浮かべた。

「んー、半分冗談だったんだけど、まさか本当に参加者が増えるとはねぇ」

「……無理なら、諦める」

「いや、別に無理ってわけではないし、キミが参加してくれるっていうのならむしろありがたいぐらいなんだけど……ちょっと人数が問題かもしれなくてね」

「そうですね……うちは元々そこまで大人数で泊まれるような部屋はありませんから。一人増えるとなると、結構ギリギリになってしまうかもしれません」

「さすがにここら辺で話すわけにはいかないっすからね。とはいえ、泊まるわけじゃないんすから、何とかなるんじゃないっすか？」

「んー、確かに？　まあ、とりあえず部屋に行ってみて、厳《きび》しそうなら改めて考えようか？」

「――なら、あたしが抜けるわ」

不意に上がった声に、一斉に視線が向いた。

その先には、聖女だと言われるアリエルが立っていた。

複数の視線を浴《あ》びながらも、少女は関心がなさそうに口を開く。

「別にあたしは参加しなくても問題ないでしょ？」

「……確かに、問題あるかないかで言えば、ありませんわね。わたくし達の意見は既に纏《まと》まっていますし、何か知る必要のあることがあったとしても、わたくしが聖女様にお教えすればいいだけですもの」

予想外の方向に転《ころ》がり始めた状況を見守りつつ、ロイの頭には疑問が一つ浮かんでいた。

どうやらあの少女はやはり聖女で間違いないようだが、となれば、何故居候などと言ったのかということである。

既に蚊帳《かや》の外であるロイは、話を聞きながらもそんなことを考え……ふと、その聖女と目が合う。

彼女が自分のことを見たのかと疑問に思うも、その答えはすぐにやってきた。

「ですが、そうなりますと、わたくし達が話し合いをしている間、聖女様はどうなさいますの？」

「実はちょっと行ってみたいところがあったのよね。個人的な理由だから我慢《がまん》しようと思ってたんだけど、ちょうど時間が出来たからそこに行ってみようと思っているわ。というわけで——ちょっと借りていいかしら？」

真《ま》っ直《す》ぐにロイのことを見つめ、その口元に笑みを浮かべながら、聖女だという彼女はそんなことを言ってきたのであった。

第二章　エルフの聖女

断《ことわ》ろうと思えば、断ることは可能だったかもしれない。

冒険者ギルドのお客様とはいえ、ロイが言うことを聞かなければならない道理はないのだ。

とはいえ、断ったところで何か用事があるわけでもない。

それに、どうして『そこ』に行きたがるのか、単純な興味もあった。

ロイが少女の望むがままに、ともに『そこ』へとやってきたのは、そういう理由によるものであった。

「へえ……ここが噂に聞く魔の大森林、ね。遠目《とおめ》で見た時も思ったけど、やっぱり大きいわね。故郷の森よりも、明らかにこっちの方が大きいわ」

そこ——魔の大森林に目をやりながら、感心したように声を上げる少女を横目に見つつ、ロイも眼前の光景を眺める。

見慣れた場所な上に、つい先ほども来たばかりだ。

ロイにとっては、今更何かを思うような場所ではなかった。

そもそも見た目は単なる森なのだ。広大ではあるが、逆に言えばそれだけである。

興味を覚えるような要素などないにもかかわらず、彼女は一体何故この場所に来たいと思ったのだろうか。少なくとも様子を見る限りでは、ただの気まぐれだったわけではなく、本当に興味があったようではあるが――

「ふーん……外の森を見るのは初めてだけど、結構色々と違うのね。それとも、ここが特別なのかしら……って、なによ？　何か言いたいことがありそうね？」

ロイが不躾《ぶしつけ》に見すぎたからか、聖女の少女は眉をひそめると、そんな言葉とともに視線を向けてきた。

一瞬どう言い訳したものか迷《まよ》ったが、ここは素直に聞いてしまった方が早いかと思い直す。

どうせ大した疑問でもないのだ。わざわざ言い繕う必要もあるまい。

「いえ……わざわざ見学しに来るような場所ではないので、一体何に興味を持ったのかと不思議に思いまして。僕にはただ広大なだけの森にしか見えないんですが」

素直にそう口に出すと、少女は不思議そうに首を傾げた。

その反応はどことなく、常識を尋ねた時のフルールの反応を思い起こさせ……しばらくすると、何かを納得したかのように頷いた。

「ふーん……あんたの目には、ここがただ大きいだけの森に見えてる、ってわけね」

「貴女の目には、違って見える、と？」

「ええ。全然違うわ。とはいえ、これはあたしがエルフだからなのかもしれないわね。エルフは森に最も近しい種族らしいから」

「ああ。らしいですね」

ロイも詳しくは知らないのだが、エルフは元々森の精霊が零落《れいらく》した姿だとも言われているらしい。

寿命《じゅみょう》が長いのも、その血を未だに色濃《こ》く残しているからだとか。

森を住処《すみか》としているのも、それが理由だという話で――

「それとも……あんたが勇者様だから、かしら？」

かつて耳にした話を思い返していると、ふとそんなことを言われた。

どことなく揶揄《やゆ》するような含みのある言い方ではあったが、それに関しては特に気にせず、肩をすくめて返す。

「さあ、それは特に関係ない気がしますが。ここは確かに恐れられてるみたいですが、特に遠目から見てどうこうっていう話は、他の冒険者からも聞いたことがありませんし」

「そう……でも確かに、そうなのかもしれないわね。あたしと同じように見えていたとしたら、あんなところに街なんて作らないでしょうし」

「それほどですか？」

「少なくとも、あたしと同じものが見えてるんだとしたら、あの街を作った人達の正気《しょうき》を疑うわね。まあ、勇者様に匹敵《ひってき》するような力を持った人があそこには沢山《たくさん》いるってんなら話は別だけど」

「どんな風に見えてるのか興味深いですが……とりあえずその前に、出来ればその言い方をやめてくれませんか？」

「その言い方って？」

「勇者様、というやつです。確かに僕は世間でそう呼ばれているらしいですが……実際にそんな風に呼ばれるのは、どうも居心地が悪いといいますか……誰に何と言われようとも、自分がそんな風に呼ばれるのに相応しい人間ではないと、僕自身が一番よく分かっているので」

　そうは言いつつも、多分納得はしてくれないのだろうな、とロイは思っていたのだが、意外にも、彼女は理解を示してくれたらしい。

　フルールに言った時ですら、何を言っているのか分からない、といった顔をされたのだが、その顔には確かに納得の色が浮かんでいた。

「ふーん……まあ別にいいわよ。あたしだってその呼び方にこだわりがあるわけでもないし。ただ……一つだけ、条件があるわ」

「条件、ですか？」

「その変にかしこまった口調《くちょう》をやめることよ。あのセリアって娘には普通に話してたわけだし、それが素《す》の喋《しゃべ》り方ってわけじゃないんでしょ？」

「それはそうですが……変、ということもない気がしますが？　こう言ってしまうのも失礼ですが、馴れ馴れしい口調で喋《しゃべ》るほど僕達は親しくないわけですし」

「あら、確かに親しいって言えるほどではないけど、既に初対面ってわけでもないでしょ？　それに互いに自己紹介もしたんだから、もう十分な気がするけど？　というかね……ぶっちゃけちゃえば、あたしが居心地悪いのよ」

　聖神教の中では特別だという聖女と呼ばれる立場にあり、実際テレーズからも敬われているように見えた少女の言葉としては、予想外な返答だった。

　テレーズですらそうなのだから、聖神教の中では常にそんな感じなのではないかと思っていたのだが……そう言った彼女の顔は、確かに嫌そうなものでもあった。

「あんたが何を考えてるのかは何となく分かるわ。あんたも知っての通り、あたしは聖神教の中で聖女なんて呼ばれてる。だけどね……あたしは、自分がそんな呼ばれ方をされるのに相応しいなんてまったく思ってないのよ。だから、本当は敬われたりするのも嫌だし、居心地が悪いとすら感じるわ……あんたなら、この気持ち少しは分かってくれるんじゃないかしら？」

「それは……」

分からないわけがなかった。

しかも、彼女は単にロイの言葉に都合よく乗っかった、というわけでもなさそうだ。真っ直ぐに見つめてくるその瞳の中には、真剣な色があった。

もしかしたら演技なのかもしれないが……まあ、たとえそうでも問題はあるまい。

騙《だま》されているのだとしても、その結果ロイが得られるのは、彼女と話しやすくなるというだけのことだ。何一つとして困ることはない。

「……分かりました――いや、分かったよ、アリエル。これでいい？」

「ええ。問題ないわ、ロイ」

そう言ったロイに対し、聖女――アリエルは、そう言って満面の笑みを浮かべた。

そんな少女のことを眺めながら、ロイは何となくアリエルの態度に納得を覚えていた。

何と言うか、彼女は自分に対し妙に距離感が近いような気がしていたのだが、それはおそらく、ロイに共感のようなものを覚えていたからなのだろう。

まあ初対面の時から割と近かった気もするので、単にこれが本人の素の態度であるのかもしれないが。

「さて、じゃあ遠慮がなくなったところで、話を少し元に戻してもいいかな？」

「いいけど……何の話をしてたんだったかしら？」

「あの森が君にはどんな風に見えてるのか、って話かな」

「ああ、そういえばそうだったわね。で、あんたはそれを聞きたいってわけ？」

「まあ聞かせてくれるなら聞いてみたいかな。正直気になるしね」

「……仕方ないわね。そこまで言われたら、答えないわけにはいかないものね」

そんなことを言いながらも、アリエルはどことなく照《て》れと嬉しさが混ざったような笑みを口元に浮かべた。意外とおだてに弱いタイプなのかもしれない。

そう思いながらも黙って耳を傾《かたむ》けると、アリエルは魔の大森林に視線を向け、僅かに目を細めた。

「……そうね。比較対象として、先にあたしの故郷の森がどんな風に見えるのかを話すと、そこは安心出来る人の腕に抱《だ》かれてるような印象、ってところかしら」

「なるほど……まさに故郷って感じなんだね」

「まあどちらかと言えば、そういう森だからこそエルフはあそこに住むことを決めた、ってことなんでしょうけど。で、この森だけど——例えるなら肉食獣の胃の中、って感じかしら。しかも、胃の外に爪も牙もあるような感じね」

「……なるほど」

中に入るのはもちろんのこと、近くにいるだけで身の危険を感じるほどだといったところか。

そしてそんな森が目と鼻の先にあると考えれば、その近くに街を作るなど正気を疑うというアリエルの発言も一理ある。

まあ、あくまでもそのことを感じられていたのならば、の話ではあるが……

そんなことを考えながらも、ロイは今の話を聞いて疑問が一つ生まれていた。

アリエルの目には、この森がそんな風に見えているのだとするならば——

「でも、ならどうしてそんな森をこうして見に来たの？　そういったところに喜び勇《いさ》んで飛び込んでいくタイプには見えないけど……」

「そんな森だからこそ気になったのよ……まあ あとは、久しぶりに森そのものを見たかったから、っていうのもあるけど」

「久しぶり……？　別に森ってそこまで珍しいものじゃないよね？」

「……敢えて避《さ》けてたのよ。森を見ちゃえば、どうしたって故郷のことを思い出しちゃうって自分でも分かってたから。でも、思ってた以上っていうか……よく言い聞かされてはいたけど、エルフにとって、森は切り離せないものだっていうのは本当なのね。危険だって分かってても、気になってこうして見に来ちゃうんだから」

そう言ってさらに目を細めたアリエルの顔には、確かに郷愁《きょうしゅう》のようなものが浮かんでいた。

危険だと感じている割には、魔の大森林を見ても怖《こわ》がっているようには見えなかったが……それよりも郷愁が上回《うわまわ》っていた、ということなのかもしれない。

そんなことを考えながら横目でアリエルの顔を眺めつつ、それにしても、と思う。

どうやらこの少女は、家出のような形で故郷を出てきたのかもしれない、と。

はっきりと口に出してはいないが、故郷を思い出さないようにしていたあたり、そういうことなのだろう。

とはいえ、だからどうしたというわけでもないし、わざわざ聞くようなことでもあるまい。

と、そう思ったのだが、その話を振ってきたのは意外にもアリエルの方からであった。

「……聞かないのね」

「何を？」

「気付いてるんでしょ？　あたしがあんまよろしくない理由で故郷を出てきたってことぐらい」

「まあね。でも、さすがにそう簡単に聞いていいことじゃないだろうし……それにこう言ったら何だけど、僕達冒険者っていうのは、基本的に大体が訳有りばかりだからさ」

「……なるほどね。あたしみたいなのなんて、ありふれてるってわけか」

偉《えら》そうに言いながらも、ロイ自身は実際にはよく知らず、そう言われているということを耳にしただけなのだが……

魔の大森林を見つめるアリエルの顔は、どことなく安心したというか……少しだけ肩の力が抜けたように見えた。

「……あたしね、故郷で色々とあったのよ。一言では言い表せないぐらい、色々と。で、とうとう面倒になって飛び出したのよね。当ても何もなかったけど、まぁどうにかなるでしょ、なんて考えて」

このタイミングでアリエルが少しずつ自分のことを語り始めたのは、もしかしたら誰かに話を聞いてほしかったのかもしれない。

　アリエルがロイに対し共感を覚えていようとも、実際には出会ったばかりなわけだが……互いによく知らないからこそ話しやすいと考えたのだろう。

　それに付き合う必要はなかったが、かといって敢えて付き合わないのも気が引けた。

　黙ってアリエルの身の上話を聞き、ロイは苦笑を浮かべる。

「さすがにその発想は無謀《むぼう》すぎじゃないかな……？」

「ええ、今なら分かるわ。というか、三日ぐらいで気付いたわ。だって歩けど歩けど人影一つ見当たらないんだもの。あたしの故郷ってどんな辺鄙《へんぴ》なところにあったってのよ」

「ああ……そういえば、エルフ達が住んでるっていう森って、秘境《ひきょう》とか呼ばれてたりするんだっけ？」

　探そうとしたところで辿り着くことは出来ず、辿り着くにはエルフの案内が必須《ひっす》だとも言われている。

　それは結界を張り、見つからないようにしているという理由に加え、単純に人里から遠く離れた場所だからという物理的な問題もあるのだろう。

「で、半年ぐらい彷徨《さまよ》って何とか小さな村に辿り着くことが出来たんだけど、辿り着いた後もたくさんの問題が待ち受けていたわ。エルフが珍しいって話も知識としては知ってたけど、実感したのはそこでだったわね。で、そこから沢山の場所を巡《めぐ》って、その先々でも様々なことがあって……そんな矢先よ、あいつに会ったのは」

「あいつ……？」

「テレーズよ」

あいつ、と言った時もそうだったが、そう言ったアリエルの口調は、親しみのある言い方とは少し違って聞こえた。別に親しみがないわけではなさそうだが……それ以上に苦々《にがにが》しさのようなものが混ざっているように感じられたのだ。

「もしかして、あの人に何か思うところとかあったりするの？」

「え、何でよ？」

「いや……何となくそんな風に聞こえたからさ」

「……表には出さないようにしてたつもりだったんだけど、気が緩《ゆる》んだかしらね。別に嫌いとかってわけじゃないのよ？　むしろ感謝してるわ。あたしが聖神教で世話になることが出来るのは、全部あいつのおかげだから。素性《すじょう》も知らぬあたしのことを、あいつだけが助けてくれた」

「でも、それだけでもない、と？」

「仕方ないでしょ？　あいつとあたしはとある街で偶然会ったんだけど……その時あいつ、あたしの顔を見るなり、唐突に聖女だとか言い出したのよ？」

「……それは確かにちょっと変わっているね。ちなみに、そういう扱いを唐突にされることに心当たりは？」

「あると思う？　もしもあるんだとしたら、あたしももう少し居心地がよくて気も楽でしょうよ。エルフが理由なのかって思って聞いてみたら、違うって言われるし。ま、さっきも言ったように、おかげで聖神教の世話になれて生活自体は楽になったんだけど……気分的にはどっちが楽だったか分からないわね。聖女って祭り上げられてはいるけど、何かをしてるわけじゃないし」

一方的に世話になるのが心苦しい、という気持ちはロイにも理解出来るものであった。

というか、魔王を倒した後のクラルス王国での日々が、まさにそんな感じだったからだ。

そしてそれが嫌になって、冒険者になったわけだが……驚くほどに彼女とは共通項が多いようである。彼女がルーメンまで来た理由も何となく察することが出来た。

「ということは、君がルーメンにまでわざわざやってきたのも、何か役立てることがあるかもしれないから、ってことだったりする？」

「一応は、ね。本当はテレーズだけで十分だったのに、無理を言ってついてきたのよ。ま、今のところ、役に立つどころか足を引っ張ってるだけだけど」

そう言って自嘲《じちょう》の笑みを浮かべるアリエルから、ロイは目を逸《そ》らした。

役に立とうと思って必死になった結果、逆に足を引っ張ってしまうという経験は、ロイにも覚えがあるものだったからだ。

魔王討伐隊に参加するよりもさらに前――ロイが本当の意味で無力だった頃に。

本当に彼女はロイに似ているらしい。

少し重くなってしまった雰囲気を変えようと、ロイは別の話題を口にした。その役に立ちそうなものは、一つしかなかった。

「それで……この後は、どうしようか？　街に戻る？　それとも、折角ここまで来たんだし、見るだけじゃなくて実際にあそこに入ってみる？　少しだけなら僕にも案内は出来ると思うし、多分護衛《ごえい》も出来ると思うんだけど」

魔の大森林を見つめながら、そんな提案を口にするのであった。

◆◆◆

先導するロイの後ろを歩きながら、アリエルはその背中から少し離れた場所を見つめていた。

その方角に何かがあるというわけではない。

単に、何となくロイの背中を直視《ちょくし》するのが恥ずかしかったからだ。

その恥ずかしさの理由は分かっている。

先ほど自分が身の上話のようなものをしてしまったからだ。

本当は、あんなことまで喋るつもりはなかったのである。

聖神教でのこともあって、変に敬われるのが苦手《にがて》と感じるようになっていたのは事実ではある。

とはいえ、さすがに普段のアリエルなら、出会ったばかりの相手に自分の事情を色々と話すようなことはしない。

ロイに対し多少の共感を覚えてはいるものの、だからといって自分の事情を事細《ことこま》かに話すかどうかは別問題だ。

となれば……アリエルが思っていた以上に不満や不安が色々と溜《た》まっていて、つい話してしまったということなのだろう。

どのみち、今更考えたところで既に手遅れである。

ロイに気付かれない程度に、アリエルは小さく溜息を漏らした。

もっとも――と思いながら、アリエルはロイの背中に視線を移す。

怪我《けが》の功名《こうみょう》ではあるが、恥を曝《さら》した甲斐はあったようだ。

出会ったばかりの頃と比べ、ロイとの距離感が明らかに縮《ちぢ》まっていたからである。

物理的な距離こそ、隣同士で歩いていた先ほどよりも離れているが、アリエルはロイの後ろにいられている。つまりは、背中を見せても問題ないと思われるくらいには信用してもらえたのだろう。

アリエルが口にしたことに嘘はないし、この森に興味があったのも事実だ。

しかしそれと同じくらいに、彼にもまた興味があった。

何せ相手は単身で魔王を討伐したという勇者である。

自分達がこの地にまで足を運んでまで知りたかった情報の、手掛かりを得られるかもしれない。

だからこそ、もう少しだけでもロイから話を聞ければと思い、まずは自分の話をしてみたのだが……結果オーライといったところか。

あそこまで話すつもりはなかったが、秘密というほどではない。

テレーズはもちろんのこと、聖神教の皆ならば誰でも知っているような話だ。

それと引き換えに、勇者との距離を詰めることが出来たと考えれば、上出来というものだろう。

多少の気恥《きは》ずかしさはあるが、我慢すれば済む話だ。

まあ、そんな簡単に開き直ることが出来れば苦労しないのではあるが。

とりあえずは何か話しかけるべきか……などと、ロイの背中を眺めながらアリエルが思っていた時のことであった。意外なことに、ロイの方から話しかけてきたのだ。

「さて、しばらく歩いてみたけど、どうかな？　外から見てみたのと、印象違ったりした？」

彼から話しかけてくるとは思っていなかったので、一瞬肩がびくりと震《ふる》えてしまう。

しかし、その声はあまりにも気楽そうで、色々な意味で強張《こわば》っていた肩の力が僅かに抜ける。

気持ちが落ち着いたアリエルは、溜息混じりに言葉を返した。

「……そうね、印象自体はさっき森の入口で話してたものと、それほど変わりはないわ。いえ、むしろより強く感じるようになった、と言った方が正確かもしれないわね」

肉食獣の胃の中、というのは先ほど彼女が口にした言葉だが、自分でも上手い例えだったと思う。

そんなことを考えながら、アリエルはその場を見渡す。

今この場に感じている印象というのは、まさにその通りであった。

危険で、絶対に近寄りたくないという感覚。自分一人だったのならば、逃走すらも無意味と考え、この場から動けなくなっていたかもしれない。

まあそもそも自分だけだったら、ここまで来ることなどありえなかっただろうが……そんなことを思ってしまうぐらいには、この森から受ける印象は苛烈《かれつ》であった。

自分の知っている故郷の森とは違いすぎて、つい納得してしまったほどである。なるほど、これでは同族達があそこから外に出ようとはしないはずだ、と。

無論、故郷以外の全ての森がこんな調子ということはないだろうが、そんなことをふと考えてしまうほどには、この森には圧倒的な死の香りが漂ってきているのだ。

だというのに、こうしてそんな場所を歩けるのは、言うまでもなく前方を歩く彼がいるからである。

彼が勇者だと知っているから、というのとは少し違う。

少なくとも彼と出会う前のアリエルだったら、魔王を倒した勇者といえど、この森の前では霞《かす》んでしまうと考えたことだろう。

だが、今は、彼と一緒ならば問題ないという安心感がある。

この場にいたら、次の瞬間には死んでいても不思議ではないと思っているというのに、である。

これは、エルフの感覚が鋭敏《えいびん》になる森という環境にいるからそう感じるのかもしれないし、あるいは、この森が危険だと感じるからこそ、余計に彼に対しての安心感が増しているのかもしれない。

と、そこまで考えたところで、不意にアリエルは気付いた。

どうして彼にあそこまで自分のことを話してしまったのか。

自分が不満などを溜め込んでいたのも理由ではあっただろうが……彼といることで、無意識に安心していたということなのかもしれない。

危険な森の近くにいたことで尚更強くそう感じ、つい口も緩んでしまった。

有り得そうだと、自分の考えに納得したアリエルだったが、その安心感ゆえにアリエルは僅かに油断してしまった。

本人に気を抜いたつもりはない。

しかし、ロイが気楽そうだったこともあって、危険の察知がわずかに遅れてしまったのだ。

右側から何かが擦れるような音が聞こえ、反射的に視線を向けた刹那《せつな》。

眼前にあったのは、鋭《するど》い牙の生《は》えた、大きく開かれた口であった。

「――え？」

その光景が意味することが咄嗟には理解出来ず、ただ呆然《ぼうぜん》とした呟きが漏れた。

◆◆◆

眼前の光景を眺めながら、フルールは思わず溜息を吐き出した。

どうにも自分が場違いなところにいる気がしてならなかったからだ。

「……ん、状況は理解した。大体予想通り」

そんなことを考えながら、聞こえた声に視線を向ければ、視界に映るのはそう言って頷いたシルヴィの姿だ。

しかもその姿は、意外なほど近い距離にある。

皆で囲っているテーブルがそもそも小さいため、向こう側にいてもそれほど離れることがないのだ。まあ、四人用のものを五人で使っているので仕方ないのだが。

と、フルールが現状に対しそんな感想を抱《いだ》いていると、シルヴィの言葉に受付嬢が頷いた。

「それは何より、と言ったところかな。予想が外れていた場合、これ以上話を聞く価値がないとキミに判断されてしまっていたかもしれないからね」

「……自分で参加したいと言った以上、責任は果たす。私に期待されている役割も、大体把握は出来てる」

「話が早くて助かるよ。こっちの都合で申し訳ないけど、あまり時間をかけてしまうと、周囲に変な憶測《おくそく》を生んでしまう可能性があるからね」

隣同士に座っている受付嬢とシルヴィがそんな話をしているのを聞きつつ、フルールはその場を軽く見渡した。

テーブルがそうであるように、この部屋もまた四人用のものである。

お世辞《せじ》にも広いとは言い難《がた》いが、かと言って狭いわけでもない。

少なくとも、この場に集まった者達が窮屈《きゅうくつ》そうにしている様子はなかった。

それはフルールも同じではあるのだが……それでも、可能ならばもう少し広い部屋であって欲しかったというのが本音《ほんね》だ。

そう考えてしまう理由の大半は、集まっているメンバーに対する場違い感のようなものであるが。

そして再び、フルールは視線を前方へと戻す。

未だ受付嬢とシルヴィは会話を続けていたが、その二人の会話の中身は既にフルールがギルドで聞いたものだった。

すなわち、聖神教の面々が何故ルーメンを訪れたかという経緯《けいい》の説明である。

彼ら――聖神教の第一使徒と聖女がこの街へとやってきたのは、この街の優《すぐ》れた結界を学び、自分達の拠点の防衛に役立てたいからであった。

しかし、シルヴィは、そんな期待をあっさりと裏切るような言葉を言い放った。

「……時間をかけるべきではないというのなら、結論を先に告げる。貴女達が結界を学ぶのは無理。より正確に言うならば、無意味で無駄」

あまりの断言っぷりに、思わずフルールは息を呑《の》む。

さすがにこれは気を悪くするのではないか、とテレーズの様子を窺うが、どうやら当の本人はそれほど気にしていないようであった。その顔に浮かんでいたのは、苦笑だった。

「やはり、貴女もそう言いますのね」

「……やはり？　私も？」

「ボク達の方でも、一応同じような結論が出てたからね。この街の結界をいくら学んだところで、彼女達が役立てるのは難しいだろう、と」

シルヴィほど直接的ではないが、冒険者ギルドで彼女達の事情を聞き、フルールと受付嬢とで知識のすり合わせをした際も、似たような結論が出ていた。

彼女達が、これほどまでに結界を必要とするのは、魔の大砂漠《だいさばく》という領域が拠点の近くにあるためだ。

それは魔の大森林と同様、現在の人類には開拓不可能とされている場所の一つだ。

ただ、同じ開拓不可能でも、それが意味することは異なる。

魔の大森林の場合は、単純に魔物が強すぎて入るのが困難という意味だが、魔の大砂漠はそもそも足を踏《ふ》み入れることが出来ないのだ。

足を踏み入れた瞬間、文字通り死を迎えてしまうからである。そこに例外はない。

草木の一本すらも存在を許されず、どんな魔物であろうとも近付くことすらないという。

無論《むろん》のこと、自然に発生したものではない。

邪神と呼ばれる存在が引き起こした災厄《さいやく》が原因であり、ゆえにそこは、邪神の傷跡などとも呼ばれている。

とはいえ、それだけであれば、近付かなければいい話なので問題はないのだが……問題は、その領域が少しずつ拡大しているということだ。

ここ百年ほどは問題なかった。

聖神教が『奇跡』によってそれを押しとどめていたからである。

だが、一年ほど前から、再び領域が拡大し始めているらしい。

そこで、対抗策として彼女達が思いついたのが結界であり、それを学ぶためにこの街に来たというわけなのだが――

「えっと、この街の結界は、外部からの攻撃を防ぐことに特化している、ってことでしたよね？」

「……ん。実際に強化した私が言うんだから間違いない。だから、攻撃に属するのかも不《ふ》可解《かかい》な現象を防ぐのは、おそらく不可能」

どことなくたどたどしいセリアの言葉を、シルヴィが補強《ほきょう》するように継《つ》ぐと、テレーズは溜息を吐き出した。

「学ぶことで、そのまま使えずとも何かしら応用出来ればとも思ったのですけれど……それも難しいみたいですわね」

「……ん。そもそも、私はここの結界を強化したというよりも、強化しか出来なかった、と言う方が正しい。特化した魔法というのは、魔法というよりも特殊能力に近くなる。応用は利《き》かない」

シルヴィの言葉に同意するように、受付嬢は肩をすくめた。

とはいえ、本当にそれで終わりならば、フルール達はここにいないわけだが。

そして、それに気付かないシルヴィではなかった。

「……でも、こうして集まっているということは、何か方法があるということ？」

「彼女達は、何か参考になるかもしれないと思っただけであって、別に結界のことだけが知りたくてここに来たわけじゃないからね。要するに、彼女達の願望を叶えることが出来るならば、結界にこだわる必要はないのさ。そして、魔導士であるキミには言うまでもないことだろうけど……魔法っていうのは、最低限の才能さえあれば、あとは魔力だけで大抵のことはどうとでもなる。ま、普通はその魔力を用意することが難しいわけだけど」

普通であれば、それだけでは何を言っているのか分からないだろうが……そこはやはり、Sランクの魔導士。思い当たるものがあったらしく、シルヴィは目を細めて受付嬢のことを見つめた。

「――ヴイーヴルの魔力」

「……さすがだね」

「……ここまでのヒントがあれば、誰でも分かる。でも、疑問。そこまでの価値が、彼女達にはある、と？」

「んー、価値っていうのとは、少し違うかな。まあ、魔の大砂漠を放ってはおけないっていうのもあるけど、実は彼女達は、元々ボク達から頼んでここに来てもらってるんだよね」

受付嬢の言葉に、セリアが疑問を投げかける。

「え、そうだったんですか？　あ、でもそういえば、お客様って言っていましたね……」

「うん、彼女達は結界のことを学ぶためにここに来たけど、それは交換条件みたいなものなんだよね。この街のギルドが彼女達に用事があって、その対価がそれだったってわけさ。で、対価なわけだから、価値がないものを渡すなんて出来ないだろう？」

「わたくし達はそれでも構わないとは言ったのですけれどね」

「まあギルドにも面子《メンツ》ってものがあるからね。自分達から頼んでおいて、しかも来てくれたのは第一使徒に聖女ときたものだ。手ぶらで帰すわけにはいかないのさ」

実際のところそれは、ギルド側の保身的な意味もあるのだろう。

テレーズもそうだが、何よりも問題なのがアリエルだ。

聖女という立場もそうであるが、それ以上に得体が知れない。

そんな存在をおろそかにして何かが起こったらたまらない。考え得る限り最高の対応をしようとするのも当然だろう。

と、そこまで考えたところで、ふとフルールは、今はこの場にいない彼女のことが気になった。

「聖女様、大丈夫っすかねえ……」

その疑問は本当に何気《なにげ》なく浮かんだもので、何らかの他意があったわけではなかった。

半ば独り言のつもりだったのだが、タイミング悪く、ちょうど会話が途切《とぎ》れたところだったため、思った以上にその場にフルールの呟きが響《ひび》いてしまう。

その場の視線が一斉にフルールの方へと向き、首を傾げながらテレーズが口を開いた。

「大丈夫、とはどういうことですの？　何かあるかもしれない、と？」

「あいえ、別に深い意味があってのものではないんすけど……あの人達が向かったのは、魔の大森林なんすよ？　大丈夫かって思うのは普通じゃないっすか？」

大多数の人間にとっては、近付くことすら危険な場所だ。

そんなところに行ったのだから、心配してもおかしくないだろう。

と、フルールは思ったのだが、賛同の言葉が返ってくることはなかった。

彼女の言葉を、真っ先にシルヴィが一蹴《いっしゅう》する。

「……確かに、普通ならそうかもしれない。でも、あくまでもそれは、普通ならば。彼がいる時点で、心配する必要は皆無《かいむ》」

受付嬢とセリアも特に、心配する素振《そぶ》りは見られなかった。

「ま、彼だからねえ。彼がいるってだけで、相手がどんな人物だろうと、それこそどんな足手まといがいたところで、何の問題もなく戻ってくるだろうからね」

「実際わたしがいても問題ありませんでしたからね……と言いますか、そういったことはフルールさんの方がよく分かっているのでは？」

「まあそれはそうなんすけどねえ……」

セリア達の言っていることは、もちろんフルールも分かっている。

だが同時に、魔の大森林がどれほど恐ろしい場所なのかも理解しているフルールからすると、気にせずにはいられなかった。

それに、世界には絶対などという言葉は存在しない。

どれほど強く、凄《すご》そうな人であっても、あっさり命を落としてしまうのがこの世界であり、冒険者をやっていれば、そんな場面に遭遇《そうぐう》することは珍しくない。

些細《ささい》な不注意から、あるいはほんの少しだけ運が悪かったせいで取り返しのつかないことになるという状況もまた、ありふれたものだ。

まあ、それでもロイがピンチに陥《おちい》る姿などは、想像することも出来ないが……同行者であるならば話は別である。

ロイは、フルールですら力の底を測《はか》ることが出来ないが、一方で完璧《かんぺき》には程遠い。

常識は未だによく分かっていないし、それによる失敗もちょくちょくある。

だからこそ、ふと思ってしまうのだ。

それは万が一だとか、そういったレベルの話かもしれないが……致命的《ちめいてき》な失敗に至ってしまうこともあるのではないか、と。

それに、ただの一般人や冒険者であるならばともかく、彼と行動をともにしているのは聖神教で聖女などと呼ばれている人物だ。

そんな人物に何かがあったら、と思えば余計に心配になるのだった。

しかし、そんなフルールの心配を、この場で彼女をよく知る唯一の関係者が否定する。

「正直なところ、わたくしは彼のことをまだよく分かってはいないのですけれど……それでも、彼女達の意見に賛同いたしますわ。誤解《ごかい》を恐れずに言うのであれば、あの森程度では聖女様をどうにかすることなど出来るわけがありませんもの」

その言葉に、フルールは眉をひそめた。

無論と言うべきか、魔の大森林に対して「あの程度」などと言ったことに対してだ。

だから、フルールは、魔の大砂漠に関して話を聞いたことはあれども、直接見たことはない。

だから、魔の大砂漠と比べた結果、そういった感想を抱いたという可能性はあるが――

「あの程度、っすか……？　あちし達があそこに行く時は、基本命懸《が》けなんすが……」

「ですから、誤解を恐れずに言うのであれば、と申したのですわ。どれほど恐ろしい場所であっても、森であることに違いはありませんもの」

「ふむ、なるほど……彼女の種族特性、か」

何かに思い至った受付嬢の呟きに、フルールはあることを思い出した。

森の中でエルフと争《あらそ》うことは、自殺と同義である、という言葉だ。

エルフにとって森は住処であり、それ以上に得意なフィールドになると言われている。

「確か、エルフは森の中なら、見通しの悪い場所でもその視界が遮られることはない、だったっすか？」

「えっと、それは……魔法で、ということでしょうか？」

セリアが率直《そっちょく》な疑問を投げかける。

「いや、そういうわけじゃないよ。というか、その言葉は間違ってないけど正しくもない、ってところかな？　正確には、彼女達は視界を遮られても、感覚で周囲を捉《とら》えることが出来る、といったところだね」

受付嬢が二人の質問に答えると、次いでシルヴィが口を開いた。

「……その感覚はあたかも森が教えてくれるように正確で、かつ広範囲に及ぶと聞く。森との相性《あいしょう》やその日の体調などにも左右されるものの、少なくともこの街くらいの大きさならば、その隅々《すみずみ》まで把握することが可能だとも。しかも、エルフは魔法にも秀《ひい》でている。あそこでもその力を十全に振るうことが出来るというのなら、確かにそれほど問題はなさそう」

そこまでのことはフルールも知らなかったが、なるほどと思うのとともに、むむと唸《うな》る。

その話の通りであるのならば、ロイとは関係なく心配はいらなそうだが――

「とはいえ、それも十全《じゅうぜん》の力を発揮《はっき》出来るのならば、の話っすよね？　魔の大森林ではそうじゃないって可能性もあるんじゃないっすか？」

「まあ実際のところ、十全にってのはさすがに厳しいだろうね。それでも、半分程度ならいけるだろうけど」

「……なら、やはり問題はない。接近する前に気付けるだろうし、自分では対処不可能だと思ったのならロイに警告《けいこく》すればいいだけ」

「ま、そういうことだね。つまりは、それこそ普通に考えるなら、やっぱり問題はないってことさ。もっとも、彼女は普通ではないようだけど」

そう言って受付嬢がテレーズへと視線を向けると、彼女は微笑《ほほえ》みながら答えた。

「ええ、何と言っても、彼女は聖女様ですから。ですから、尚《なお》のこと心配する必要はありませんわ。もしも最悪の事態になってしまったとしても、何の問題もありませんもの」

それは彼女が聖女と呼ばれていることに関係があるのだろうか、とフルールは気になったものの、踏み込むのはやめておいた。

その必要がある状況でもないのだから、無駄に首を突っ込む必要はない。

ともあれ、結論から言ってしまえば、心配する必要はない、ということのようだ。

まあ、それならばそれで問題はないだろう。

実際のところ、心配しないでいいというのならそれに越《こ》したことはないのだ。

心情的な意味でも、状況的な意味でも、他のことを考えていられる余裕はないのである。

今フルール達が話し合っているのは、そういった類《たぐい》のことであり……

まあ、だからこそ、現実逃避《とうひ》のように思考が脇に逸れたわけではあるが。

自分には荷が重すぎるのだ。とはいえ、いつまでも愚痴を言っているわけにはいくまい。

荷が重いと感じてはいても、人並みの責任感くらいはあるのだ。

この場にいる以上は、自分の役目を果たす必要があった。

最後に一度、ロイ達のことを考え……実際のところ、確かに彼であれば何の問題もないのだろうなと思い、一つ息を吐き出す。

そうしてフルールは意識を切り替えると、続きを話し始めた受付嬢の言葉に耳を傾けるのであった。

◆◆◆

アリエルが自身の現状を理解したのと、眼前からソレが消し飛んだのはほぼ同時であった。

とはいえ、アリエルが何かをしたわけではない。

むしろアリエルにも、何が起こったのか一瞬理解できなかったほど。

それが分かったのは、数度の瞬きを繰り返した後だ。

すぐ傍《そば》に、剣を振り抜いた体勢のロイがいることに気付いたのである。

ロイが助けてくれたのだ、ということを自然に理解し、だが直後にアリエルが抱いたのは困惑であった。

自分を助けてくれたはずのロイが、自らが握《にぎ》っている剣を眺めながら、不思議そうに首を傾げていたからである。

一体何が不思議なのかと思ったが、その疑問を口にすることは叶わなかった。

視界の端に何かが映ったのに気付いたからで……反射的にそちらへと視線を向けた瞬間、思わず口元を引きつらせる。

「……っ」

視線の先には、森の中に浮かび上がるようにして、無数の赤い瞳が存在していた。

それが何であるのかを認識するよりも先に、アリエルは無意識のうちに後ずさっていた。

だがそうしたことで、それが……否、それらが何であるのかが分かる。

その瞳の正体は、森の茂みに潜《ひそ》んでいた数多《あまた》の魔物であった。

森と同色の体毛により、一体化して見えていたのである。

しかし、正体が分かっても安心は出来なかった。

というか、心境としてはより悪化したと言った方が正しいだろう。

アリエルはその魔物に見覚えがあるわけではない。

体長はおそらく二メートルほどで、外見としては狼に似ている。

少なくとも記憶にはなく、それでも魔物だと分かったのは、一目見ただけで背筋《せすじ》に悪寒《おかん》が走ったからだ。

これを相手にしたら死ぬと、そう感じたのである。

しかも、そんな存在がざっと眺めただけでも数十はいるのだ。

恐怖以外の何物でもない。

対するこちらは、二人……いや、一人と、足手まといが一人だ。

無論足手まといとはアリエル自身のことである。

何せアリエルは魔物と戦ったことなどなく、そもそも戦う術《すべ》を持っていないのだ。

魔物との戦いにおいて役に立てるはずがなかった。

白分の無力さに思うところがないわけではないが、それを言ったところでどうにもならない。

せめて自分が普通のエルフだったら、と思わなくもないが、それこそ今更だ。普通のエルフであったのならば、そもそもアリエルはあの森から出ることすらなかったのだろうから。

と、余計なことを考えていられたのは、そこまでであった。

魔物達が低い唸り声を上げ、その瞳の位置が僅かに沈《しず》む。

戦闘に疎《うと》いアリエルでも、来る、ということが分かり――瞬間、十対《じゅっつい》ばかりの瞳が消えた。

そして、地面を蹴《け》ったような音が、ほとんど同時に聞こえた直後のことである。

眼前を赤色が覆《おお》った。だがそれは、瞳の色ではなかった。両断された胴から撒《ま》き散《ち》らされた血である。

襲い掛かってきたのだろう魔物達は、一瞬のうちに解体されていたのだ。

誰がやったのかなどは考えるまでもない。しかしアリエルがその当人へ視線を向けると、再び不思議そうに首を傾げていた。

「うーん……？　やっぱり、だなぁ……」

「……何がやっぱりなのよ。自分がやったことに不満でもあるわけ？」

「え？　いや、そういうわけじゃないんだけど……ま、とりあえずはいっか。考えるより先にやることがありそうだしね」

それがどういう意味なのかを尋ねる余裕はなかった。

残った魔物達の上げる唸り声がさらに低く、大きくなり、先ほどから感じ続けている悪寒もさらに増したからだ。

仲間をやられたことで怒っているのは明らかであった。

思わずさらに後ずさり、そんなアリエルに代わってロイが一歩前に出る。

そして、アリエルに理解出来たのは、そこまでだった。

そのあとは、森の茂みから赤い光が消えると、次の瞬間には自分達の周りに両断された魔物の死体がいつの間にか増えていた。

いつどのようにして襲い掛かってきて、そしてやられているのか、その過程は微塵《みじん》も認識することが出来なかった。

だが、やられているとはいえ、そこまでの動作がまったく認識出来ないということは、この魔物達がそれだけ驚異的《きょういてき》な力を持っていることを意味している。

アリエル一人であったら、きっと殺されたことにすら気付かないまま死んでいただろう。

そして、そんな魔物を難《なん》なく撃退しているロイに至っては、既にアリエルの理解の外にいた。

何せアリエルには、ロイが何をしているのか……いや、何か動作をしているのかどうかすら分からないのである。

アリエルの目には、ロイはただジッと魔物達のいる場所を眺めているようにしか映らなかった。

だというのに、周囲には魔物の死体だけが増えていく。

ということは、剣を手にしている時点で当たり前だが、ロイが何かをしているのは間違いない。

それだけロイの実力が突き抜けているということだ。

「……ま、それもまた当たり前ではあるんでしょうけど」

これが、勇者。

彼がそう呼ばれる理由の一端《いったん》を目にした気がして、アリエルは一つ息を吐き出す。

いつの間にか全て終わっていた。

もう茂みの中に赤い瞳はなく、周囲には三桁に届くのではないかと思えるほどの魔物の死体が転がっている。

そんな中で、ロイは何事もなかったかのように、先ほどまでと変わらぬ様子で目の前にいた。

その様子を見て、思わずもう一度息を吐き出す。

と、その時のことであった。

再び首を傾げたロイが、予想だにしなかった言葉を口にしたのである。

「うーん……やっぱり、弱かった気がするなぁ……」

その時アリエルが抱いた感想を一言で表すのならば、何言ってんだこいつ、であった。

いや、確かにロイの様子を見る限りでは、余裕だったのだろうことは間違いない。

だがそれでも、アリエルが一目見るだけで死を感じるような魔物であったのも間違いないのだ。

そんなものを、しかも三桁に及んだかもしれない数を相手にしておきながら、戦い終わった後の台詞《せりふ》が、弱かった、だとは――

「……そりゃあんたからすれば、弱かったのかもしれないけど……それはどうなのよ」

思わずそう突っ込んでしまったが、どうやらアリエルとロイとの間には認識の差があったらしい。

ロイは一瞬不思議そうに首を傾げると、何かを理解したかのように苦笑を浮かべたからだ。

「ああ、うん、そういうことじゃなくてさ……ここに出る魔物にしては、妙に弱かったような気がするんだよね」

「ここに出る魔物にしては……？」

正直なところ、アリエルは魔物に関してそれほど詳しいわけではない。

故郷の森は結界に覆われていることもあって、ほとんど魔物が現れないため、知る必要も方法もなかったからだ。

とはいえ、それでもさすがに基本的なことくらいは知っている。

たとえば、魔物は似た力量の種族が集まりやすい、といったことなどだ。

魔物の世界も弱肉強食であり、明らかに力量差のある魔物が近くにいたら、その縄張り《なわば》は一方的に奪《うば》われるだけだ。

同じ魔物という括《くく》りにされてはいるが、種族が違えば狩《か》るか狩られるかでしかない。

そして、その摂理《せつり》はこの森も変わらないはずである。

もしも他の場所とここことで違いがあるとすれば……それは、ここにはかなりの広さがあるということか。

「……森に入ってからそれほど経ってはいないし、単純にこの森の中では弱かった、ってだけなんじゃないの？　こういう浅い場所では、奥の方とは魔物の力も大分違うって聞くし」

「うーん……そういうのでもないと思うんだけどなぁ……確かにそういった話は、僕も聞いてはいるけど。それでも、今の魔物はＣランク程度でしかなかった気がするんだよね」

Ｃランク程度、と軽い調子で口にされた言葉に、アリエルは苦笑を浮かべた。

簡単に言うが……Ｃランクというのは、この世界を生きる大半の人にとっては、出会ったら死を覚悟するような存在のことだ。

決して弱い部類ではない。

まあロイにしてみればそうなるのかもしれないが……と、そこまで考えたところで、ふとアリエルは、ここに来る前に聞いた話を思い出した。

ロイと森に来るとなった際、彼には常識がないと、助言のようなものを受けていた。

自分が強すぎるせいで、魔物のランクを低く誤認《ごにん》してしまうことがよくあるという内容だ。

それならば、彼の発言も納得のいくものであった。

魔の大森林という場所がどういうところであるのかは、もちろんアリエルは知っている。

そんな場所に現れた魔物が、弱いわけがないのだ。

「……単にあんたが強すぎるせいで、そう感じたってだけのことなんじゃないの？　よく魔物のランクを間違えるって聞いたわよ?」

「あ、いや、まあそれはその通りなんだけど……今回は本当に弱かった気がするんだよねえ……」

「説得力がないわよ。あんたが凄いってことはよく分かったけど……そのせいで、余計にね」

そう言って肩をすくめる。

ただ……そこに込めた意味は、先ほどのものとは少し異なるものであったが。

「ま、とりあえず……そろそろ帰りましょうか?」

「うん? もういいの?」

「……もう十分、見たもの。それに、そろそろ戻らないと、心配かけるかもしれないし」

「そっか……了解。じゃあ、戻ろっか」

「ええ」

そうして歩き出したロイの後に続いたアリエルは、ロイに気付かれないようこっそり自分の口元を歪《ゆが》めた。自分の勘違《かんちが》いを、自嘲してのものであった。

先ほどのロイの姿を見て、アリエルは気付いたのである。

自分とロイに似ているところがあるなど、ただの勘違いでしかなかったのだ、ということに。

共感を覚えるに足る共通点があるのは事実だ。

だが、彼のそれは、あくまで自身の認識不足が原因であった。

勇者と呼ばれることを、どれだけ彼が相応しくないと思っていたところで、彼には本当にそれだけの力があるのだ。

自分とは違う。

出来損《できそこ》ないの、自分とは。

まったく酷《ひど》い勘違いをしていたものだと、嘆息する。

故郷から外に出て、少しは変われたのではないかと思っていたが……どうやらただの気のせいでしかなかったようだ。

我ながら、本当に救いがない。

「……ま、そんなものがあったら、そもそもあそこから逃げ出したりしなかったかしらね」

「うん？　何か言った？」

「何でもないわよ。ただの独り言」

「そう？」

ロイはそう言いながら首を傾げるも、すぐにこちらへと向けていた視線を前方へ戻した。

彼にとっては、この辺など脅威でも何でもないだろうに、決して油断することはない。

そういったところを見ても、やはり自分とは何もかもが違うようだった。

でも、それが分かっただけでも、ここに来た甲斐はあったのかもしれない。

そんなことを考えながら、アリエルは何度目になるかも分からない溜息を吐き出しつつ、ロイとともにその場を後にするのであった。

◆◆◆

ルーメンに数ある宿の中でも、下から数えた方が早いような部屋の一角。

そんな、いかにも怪《あや》しい雰囲気の場所に、二人の男が存在していた。

一見すると、どこにでもいそうな普通の男達のようだが、その瞳にはどことなく仄暗《ほのぐら》い光が宿っている。

「ふむ……失敗か」

と、男の片方がそう呟くが、そこに落胆《らくたん》の響きはなかった。

しかしそれも当然のことで、男にとって……いや、男達にとってみれば、その失敗は想定していたものだったからである。

「ええ。予想通りに、ですね」

「ふんっ……分かっている。ともにいたのが、よりにもよってアレだったのだ。成功する可能性などあるわけがない」

「ですが、一箇所《いっかしょ》にいてくれたのは都合がよかったのも事実です。アレには、確認すべきことが別にありましたから」

「それも分かっている。だとしても、忌々《いまいま》しいことに違いはあるまい」

「……それは確かに。間近《まぢか》で目にすることで、その想《おも》いは増しましたから」

「本当に邪魔な存在だ……勇者めが」

怨嗟《えんさ》の篭《こも》った呟きとともに、男達の目に憎《にく》しみにも似た光が宿る。だが、それも一瞬のことだ。ここで恨《うら》み言を吐くよりも、優先すべきことがあると理解していたからである。

「で？　肝心の首尾《しゅび》はどうだったのだ？」

「はい。少なくとも私が見た限りでは、接近する魔物に気付いた様子も、戦う素振りも彼女からは見られませんでした」

「勇者がいるから任せたというわけではなく、か？」

「あの様子ではそれはないでしょう。我らにとっては怨敵《おんてき》なれど、アレも結局のところは人です。失敗をしないわけではありません」

「備えることすらしないのは有り得ぬ、か。となると……」

「ええ。情報は確か、ということでしょう」

その言葉に、男達は安堵とも喜びともつかない表情を浮かべた。

思わずといった様子で息が吐き出される。

「エルフがまさか、魔法の一つも使うことは出来ないとは、正直信じがたいことでしたが……」

「エルフと言えば、誰もが強力な魔法を使えるという話は有名だからな。いくらあの方の言葉でも、簡単に信じられんのは仕方あるまいよ。私だってそうだったのだからな。だがこれで、肝心なあの話も本当である可能性が高まったわけだ」

「とはいえ、やはり実際に目にしてみないことには……」

「うむ。あの方を疑うわけではないのだがな……」

そうは言いつつも、気まずげに男達は互いに目を逸らす。

しかし、気を取り直すように咳払《せきばら》いをすると、そのまま話を続けた。

「問題なのは、やはりその方法か」

「さすがに街中でやるわけにはいきませんからね。今はまだ、その時ではない」

「その通りだ。だが手をこまねいていては、ここからいなくなってしまうだろう。どれだけここに留まっていられるのかは分からんからな。そうなってしまえば、ここまで絶好《ぜっこう》の機会が訪れることは、最早《もはや》あるまい」

「ええ。となれば……やはり、あの方に相談するしかありませんか？」

「……それしかあるまいな。あまりあの方の邪魔をしたくはないが、我らだけでは知恵が足りぬ」

「私達が必死になって考えたものは、勇者がいるというだけで使えませんからね。今回のことでそれは確認出来てしまいました」

「ふんっ……やつさえいなければ、この地はとうに滅びていたものを」

「まったくですね」

そんなことを言いながら、男達は窓の外へと視線を向けた。

街の外れにあるこの場所からは、街の喧騒《けんそう》を窺うことは出来ないが、視線の先に存在していることに変わりはない。その事実を憎むように目を細め、だが鼻を鳴らすと視線を戻した。

「まあ、いい。どうせほんの少し、滅びの時が延《の》びただけのことよ」

「ええ。我らの大願《たいがん》の前では、所詮些細なことに過ぎません。やつにはしかるべき時に報《むく》いを与えてやればいいでしょう」

「だがそのためには、今回のこと、失敗は許されぬぞ？」

「分かっていますとも。最初から承知の上です。全ては我らが神のため」

「ああ。我らが神のために、だ」

そうして互いの意思と目的を確認し合うと、男達は笑みを浮かべた。

ひどく不気味で、狂信的な想いを滲《にじ》ませてその口元を歪めながら――

『我らの手でもって、今度こそこの世界を破滅《はめつ》へと』

まるで宣言するように、そんな言葉を揃《そろ》って口にしたのであった。

◆◆◆

ロイ達が宿に戻ったのと、フルール達が宿の外に出てきたのはほぼ同時であった。

あまりのタイミングのよさに、見計《みはか》らっていたのだろうかと一瞬思ったものの、すぐに違うということに気付く。

フルール達も、ロイとアリエルの姿を見て驚いた顔をしたからだ。

どうやら、偶然タイミングが合った、だけらしい。

「あれ、ロイさん今お帰りっすか？　タイミングばっちりだったたっすね」

「みたいだね。そっちも話し合いは終わったってこと？」

ロイの問いに、テレーズと受付嬢が反応した。

「元々話し合いというよりは、確認の意味合いが強かったですもの」

「だね。単にギルドで話すわけにはいかなかったってだけだから、互いの認識のすり合わせさえ終われば、そう時間はかからないさ」

「なるほど……」

言われてみれば、その通りであった。それにしては今度は少し時間がかかりすぎな気もしたが……それだけ重要な内容だということなのだろう。

気になるかい、とばかりに受付嬢から視線を向けられたが、ロイは肩をすくめて返す。

そんなことよりも別のことが気になっていた。

「ところで、セリアの姿が見えないみたいですが？」

「ああ。既に話し合いが終わってるから、彼女もこれ以上付き合う必要はないからね。何よりも、邪魔をしては悪いし」

「宿を出てきたのは、それも理由ですものね」

「本当はロイさん達が戻ってくるまで宿で待とうかとも思ってたんすが、やっぱり出てきて正解だったっすね。少しでも邪魔にならない方がいいと思うっすし」

「邪魔って……客が宿にいるだけなんだから、別に問題はないんじゃないの？」

「いや、ボクは、実は客としてあそこに行ったわけじゃなくてね。彼女達の厚意《こうい》で部屋を貸してもらってただけなんだよ。今は誰も使っていないし、自分も関係あるから、とセリアちゃんが言ってくれてね」

　邪魔というのはセリアの仕事の、ということかと思っていたら、宿の、という意味でもあったらしい。その辺の気遣《きづか》いが出来るのは、さすがといったところか。

「だからまあ、本当にタイミングはばっちりだったのさ。アリエルちゃんの帰りを待つ必要があるわけだけど、それだけのために宿で待つか、とりあえず外に出るか、となって、外に出ることに決まった矢先に戻ってきてくれたんだからね」

「まったくっすね。一応セリアさんに言付けは頼んでおいたっすけど、これ以上の手間はかけない方がいいっすからね」

　ロイは、フルールの言葉に頷く。

「まあそれは確かにね。でも、僕達がもし戻ってきてなければ、どこで待つつもりだったの？」

「それは、ギルドですわね。どのみちわたくし達は一度ギルドに戻る必要がありますもの」

「今日話すことは終わったけど、まだやることはあるからね。彼女達が泊まる宿への案内とか。ここも良い宿ではあるんだけど、さすがに彼女達『も』ここに泊まらせるのはちょっと危機意識が足りないだろうし」

それは、ここの宿の安全性に問題がある、という意味ではないのだろう。

ちらっと聞いただけではあるが、この周辺は、ギルドが冒険者などに頼んで常に安全を確保するように動いているため、むしろ街の中では一、二位を争うほどに安全な場所になっているという話だ。少し前にセリアが攫《さら》われてしまったこともあって、その辺はかなり力を入れているらしい。

とはいえ、テレーズ達はお客様だからこそ、少しでも危険の少ない場所に泊まらせないといけない、といったところか。

再びこの間のようなことが起こり、彼女達が巻き込まれないとも限らないし……あるいは、彼女達が争いの原因となる可能性もある
小さいとは言っても、一つの組織のお偉いさん達なのだ。

まったく恨まれていないと考えるのはさすがに楽天的すぎるし、彼女達が襲われる可能性はゼロではない。そして、そこにセリアを巻き込むのも避けたい。

だからこそなるべく分散しておく、といったことなのだろう。

もしかしたら、既にそういった動きに関する、何らかの情報を得ている可能性だってある。

まあ何にせよ、彼女達がここに泊まらないことだけは確かなようだ。

そのことに、ロイはそっと小さな息を吐き出した。

ほんの少しだけ安心したのだ。

彼女達がここに泊まるとなったら、多分少しだけ気まずかっただろうから。

そんなことを思いながら、ロイは一瞬だけアリエルへと視線を向けた。

そんなロイの態度や、彼らが戻ってきた時の様子から、フルールは既に何かを察していたのかもしれない。

「ところで……ロイさん、何かあったんすか？」

首を傾げながら、二人のことを見比べつつそう尋ねてきたのだ。

一瞬、ロイはそれに何と答えたものか迷ったが、結局のところはありのまま起きたことを言う以外にない。

肩をすくめながら、答えた。

「いや、別に？　魔物と戦闘したけど、それも大したことはなかったしね」

「……そうね。別に、何もなかったわよ？」

「……そうっすか」

そう言いながらも、フルールは明らかに納得していない様子であった。

不満そうな目をロイ達へと向けるが、ロイの答えは変わらない。

たとえロイとアリエルの間に、妙な距離が出来ていようと、魔の大森林から戻ってくるまでの間に、アリエルがほとんど口を利かなかったとしても、だ。

何故なら、どうしてこうなっているのか分かっていないからだ。

むしろ、ロイが聞きたいくらいであった。

どちらかと言えば、そこそこ気安く話せていたように感じていたのだが……もしかしたら、気付かぬうちに何か気に障《さわ》るようなことをしてしまったのだろうか。

そんなことはないと思うのだが……これまでの行いがあるため、断言は出来なかった。

とはいえ、まさか本人に、自分が何かしてしまったか、と聞くわけにはいくまい。

完全にお手上げだ。

フルールから、今度は何をやらかしたんだとでも言いたげなジト目を向けられながら、ロイはただ肩をすくめるしかなかった。

そんなロイの様子を目にし、答えは返ってこないと判断したのか、フルールは溜息を一つ吐き出す。

そもそもロイも知らないのだから答えようがないのだが。

もう一度ロイが肩をすくめると、フルールは諦めた表情をする。

「ま、とりあえず、そろそろ行くっすかね？」

「そうですわね。色々とやらなければならないこともありますもの」

するとアリエルがようやく口を開いた。

「……悪かったわね、勝手して」

「あら、別に聖女様のことを責めたつもりはありませんわよ？　やらなくてはならないことがあるとは言っても、時間にまったく余裕がないというほど忙しいわけではありませんし……何よりも、聖女様のなさりたいことを、わたくし如《ごと》きがお止めするなど出来ませんもの」

その言葉を聞いた瞬間、アリエルは僅かに顔をしかめた。

そしてその光景を見ていたロイは、なるほどと頷く。

アリエルが話していた居心地の悪さが理解できたからだ。

テレーズが嫌味《いやみ》などで言っていたのであればまだマシだったのだろうが、ロイの見る限り、あれはおそらく本気で言っている。

彼女が何も言わずに耐えていることに感心すら覚えた。

そこで、見られていることに気付いたのか、アリエルと目が合う。

だがその直後、不自然なまでに即座に逸らされてしまった。思わず、唸り声が漏れる。

「うーむ……」

そんなロイの様子を見た受付嬢が、面白そうに声をかけてきた。

「見事なまでに避けられてるねえ。本当にキミは何をしたいんだい？」

「さて……心当たりがあるなら、どうにかしようもあるんですが」

「なるほど……なら頑張る以外に選択肢はないね。この状態を何とかするつもりがあるなら、だけど。さて……とりあえず用も済んだし、そろそろボク達は行くけど……」

「あ、すみません、その前にちょっと待ってもらっていいですか？　実は見てほしいものがあるんですよね……ついでに聞きたいことも……」

「ふむん？　ボクに見てほしいものと聞きたいこと、かい？」

そう言って受付嬢は首を傾げて、すぐにフルールへと顔を向けた。

「そういうことなら、悪いんだけど……フルールちゃん、彼女達をギルドに連《つ》れてってもらっていいかな？」

「まあ、あちしは別に構わないっすが……」

「いえ、僕としては、別にそこまで急ぎってわけでもないんですが……」

「なに……確かに彼女達はギルドのお客様だけど、ボクの中ではキミの方が優先だからね。仕方ないさ」

テレーズとアリエルも賛同の意を示す。

「確かに、彼とわたくし達とでは、どちらを優先すべきかなど考えるまでもありませんわね」

「まあ、そうね。あたしも異論はないわ」

「うーん……そう言ってくれるのはありがたい……のかなぁ？」

正直なところ、居心地の悪さの方が強いのだが。

そう思って眉をひそめた瞬間、僅かにアリエルの口元が緩んだように見えた。

まるで、今度はそっちが同じ目に遭《あ》いなさい、とでも言っているかのような表情にも読み取れた。

ただ、一瞬でそれは消えてしまったので、単なる気のせいだったかもしれない。

ともあれ、話はまとまったらしい。

さっさと去っていくフルール達の背を眺めながら、思わず溜息を吐き出した。

「大したことではなかったんで、後でも構わなかったんですけどね」

「とはいえ、本当にそうなら後日ギルドに来ればいいだけのことだからね。わざわざ今言ったってことは、何か相応のことでもあったんじゃないのかい？」

「いえ、気にはなっているんですけど、それほど大きなことかと言われると……えっと、これなんですが……」

そう言ってロイが受付嬢へと差し出したのは、先ほど魔の大森林で襲ってきた魔物の一部であった。

毛皮の一部や牙や爪。普通ならばこれを見ただけでは何を言いたいのか伝わらなそうなものだが、冒険者ギルドの受付嬢という職は伊達《だて》ではない。

すぐにロイが考えていることに思い当たったようだった。

差し出されたそれらを目にした瞬間、彼女はその目を細める。

「……そういえば、魔物との戦闘があったとか言っていたね。それは、つまり……？」

「はい。その時戦った魔物のものです。ですが、実はあそこで出る魔物にしては弱かった気がするんですよね」

「で、気になってボクのところに持ってきた、と。なるほど……どうやら、フルールちゃんの教育は、ちゃんとキミのためになっているようだね。やっぱり彼女に任せて正解だったみたいだ」

「ということは……？」

「うん。ボクもさすがに、あそこに住んでる魔物の全てを把握してるわけじゃあないけど、少なくとも、そんな色をした毛皮を持つ魔物がいないことだけは確かだ。保護色なんてのは、結局は弱者が自分の身を守るために纏うものだからね。そんな軟弱《なんじゃく》な魔物が生きていけるほど、あそこは易《やさ》しい場所じゃない」

　そこまではっきり断言するということは、あの魔物は、本来魔の大森林にいるはずのない存在だということだ。

「どこかから逃げてきた……ってことは、ないですよね」

「むしろ自殺行為にしかならないだろうからね。魔物だからこそ、そんなことはしないだろうさ」

　ということは、意図的にどこかから持ち込まれた魔物だったということだ。

　ふと思い浮かぶのは、ヴイーヴルである。

　あれもまた外部から持ち込まれた魔物であった。

「……実は、気になったことはもう一つありまして。相手は魔物だったというのに、妙に見られているように感じたんですよね」

「見られていた、か……やれやれ、困ったものだね。まだまだ元通りというわけにはいかないっていうのに。まあ、彼女達を呼ぶことを決めた時点で、ある程度何か起きそうなのは覚悟していたけど……何よりも、キミがいる時点で今更ではあるかな」

ロイは反論したいところであったが、出来そうもなかったので、代わりのように溜息を吐き出す。

それから、何となく既に見えなくなった背中へと視線を向けた。

まだ、何かがあると確定したわけではないし、あったところで自分が関わる必要があるのかは別問題である。

だが、だからこそ、ロイは目を細めると、再度息を一つこぼしたのであった。

◆◆◆

辺境の街は、かなり雑多《ざった》な印象だ。

来る者拒《こば》まず去る者追わずのスタンスで、さらに、元々開拓地だということもあって、様々な者が集まり、混沌《こんとん》にも近い空気を作り出している。

以前ロイがグレンから聞いたところによると、国の都市よりも、スラムとかの雰囲気に近いらしい。スラムと決定的に違うのは、暴力的な騒ぎはないことか。

無論、粗暴《そぼう》な者達が訪れることは珍しくないものの、この街には、ある意味でその極地《きょくち》とも呼ぶべき高位冒険者がいるのだ。

自分達の街で好き勝手することを許す道理はなく、そんな冒険者が好き勝手やることは冒険者ギルドが許さない。

結果的に、街の雰囲気はかなり良いものとなり、来訪者が増えていったのだった。

そうして雑多となった街は、ちょっとやそっとのことで動じるようなことはない。

小さな宗教団体のトップが訪れたところで、何の変化もないということだ。

アリエル達がこの街に滞在《たいざい》するようになってから、早三日。

いつも通りの、何の変哲《へんてつ》もない街の中を、ロイは一人歩いていた。

「んー……何も起きないのはいいことではあるんだけど……」

呟きながら周囲へと視線を向ければ、そこにあるのは不穏《ふおん》な雰囲気など一切感じられない賑やかなだけの街並みだ。

それはもちろんいいことではあるのだが、ロイとしては何かあるのではないかと警戒していたのだ。ヴイーヴルの時がそうであったように。

とはいえ、受付嬢に言わせれば、これが当然であるらしいが。

この間の件は人為的《じんいてき》なものである可能性が高いが、ならば何を目的としたものかということになる。ロイ達が偶然巻き込まれた、ということは考えづらいだろう。

だが、かといって、ロイが狙いだということも考えづらい。

勇者を狙う理由などは、ごまんとある。

しかし、勇者を狙ったのだとすればあまりにも魔物が弱すぎた。

あれでは魔物を無駄にしただけだし、勇者を狙おうとする者が、その程度のことを理解出来ないわけがない。

となれば狙いは一つしかないが、問題は、その『彼女』があれ以降自由に行動してはいない、ということである。

襲撃などを警戒してのことではなく、単純に忙しいからだ。

元々彼女達は、暇でこの街に遊びに来たわけではなく、目的があって来たのである。

しかも、彼女達の住んでいる街は、大変なことに巻き込まれている真っ只中《まただなか》だ。

少しでも早く戻れるよう、ほとんど休まずに有用な情報を片っ端から集めているという話である。

そしてそれを行っているのは冒険者ギルドの一角であり、彼女達が現在泊まっているのはこの街でも最高級に位置付けられている宿だ。

この三日の間、彼女達はその二箇所の往復《おうふく》しかしていないため、誰かが何かを企んでいようとも、実行出来る隙《すき》などあるわけがない、というわけであった。

「そもそも、ここでどうにかしようと思っているのか、って話でもあったしね」

魔の大森林で魔物に襲われはしたものの、果たしてあれが本気だったのか、ということである。

ロイのことを知っていれば、あれが失敗することなど予測出来たはずだ。

となると、戦いの中で、何かを確認することが目的だったのではないか。

その何かの中身まではさすがに分からないものの、少なくともある程度の説得力はある。

そして、もう一つ――どちらかと言えばこちらが本命の理由なのだが――何よりも、彼女達はこの街に一時的に滞在しているに過ぎない。そう遠くないうちに彼女達は帰るのである。

彼女に何かをしようとするならば、その最中に仕掛けるのが一番確実な方法だ。

だから、ここでは精々《せいぜい》様子見しか行わないのではないか。大森林での一件もその一つでは、ということだったが――

「それはそれで、気になるよねえ……」

彼女とはこの間知り合ったばかりで、顔見知りくらいにしか呼べないような間柄だ。

それでも、自分が関わった人間が何かに巻き込まれているならば、どうしたって気になってしまうし、それが自分の見知らぬ場所で起きるとするなら、後々知った時に後悔《こうかい》しそうである。

好き好んで騒動に巻き込まれたいと思わないとはいえ、可能ならば自分の手の届く範囲のことくらいは、何とかしたかった。

自分には力があるのだと自覚したからこそ、ロイはそう思うようになっていた。

「……ま、彼女にしてみたら、大きなお世話なのかもしれないけど」

先日の別れ際《ぎわ》、最後まで目を合わせることがなかったアリエルの様子を思い出し、思わず溜息を吐き出す。

気に障るようなことを言ったりした覚えはない。しかし……気のせいだと思うには、あからさまに余所余所《よそよそ》しい態度になっていた。

しばらく、果たして何か問題があったのかと思考を巡らしながら、歩を進めているときのことであった。

「――あれ？」

「――えっ？」

噂をすれば影、と言うべきか。

いつも通りの人通りの中、ふと見覚えのある金髪を目にした気がして視線を向けると、当のアリエルがそこにいたのだ。

自分のことを目にした彼女が気まずそうにしていたため、一瞬声をかけるか悩むロイ。

だが、相手がこっちをどう思っていようとも、少なくとも自分は相手のことを悪く思っていない。

それに、何かをやらかしてしまったのだとしても、言われないことには謝ることも出来まい。

ロイは片手を上げると、彼女の様子に気付いていない振りをして、気楽そうに声をかけた。

「やあ、アリエル。この間ぶりだね」

その挨拶に対して、アリエルは、内心の迷いを現すかのように僅かに視線を彷徨わせた。

一瞬目を伏《ふ》せた後で、諦めた様子でその口を開く。

「……そうね、この間ぶり」

返答はそれだけで、ロイが感じていた通り、話しかけられるのを歓迎してはいないようだ。

明らかに余所余所しい。

ロイは、少し考え、よしと頷く。

あれこれ考えたところで、理由に心当たりがない以上、聞いて確かめる以外に方法はないのだ。

「んー……この間から気になってはいたんだけど……もしかして、何か気に障るようなことしちゃったのかな？」

「えっ？　な、何でよ？」

「いや、だって、あからさまに僕のことを避けてるよね？　そう感じてるのが僕だけだったら気のせいかなとも思えるけど、どうも皆同じことを思っていたみたいだしね」

「……えっ？」

その言葉に、心底予想外、といった顔をしたあたり、アリエルとしては隠せていたつもりだったのかもしれない。

しばし目を見開き、瞬きを繰り返していたが、やがて何を言ったところで無駄だと思ったのか、観念したように、溜息を吐き出した。

「……そうね。確かにあたしは、あんたのことを避けてたわ。それは事実よ。だけど、別にあんたが悪いわけじゃないわ。これは……そうね、あたしの弱さが原因なだけだから」

「弱さ……？」

それ以上語るつもりはないのか、アリエルはそこで口を閉ざしてそっぽを向いてしまったが、少なくとも、嘘は吐いていないように見えた。

ロイがしたことが原因でないことは分かったとはいえ、思わず唸ってしまう。

ロイが悪いのならば、まずは謝って関係を改善しようと考えていたのだが、彼女に原因があるのならばどうしようもない。

そもそも、彼女が口にした「弱さ」とは一体何のことなのだろうか。

彼女の態度が変化した時のことを思い返す。

魔の大森林から戻る頃だったはずだが、あの前後にあったことなど、それこそ魔物との戦いくらいであり……と、そこまで考えたところで気付いた。

もしかしたら、その一件が原因だったのではないか、と。

アリエルには明らかに戦う力がない。

戦闘経験はおろか、戦闘を目にしたことすらないのかもしれない。

そんな彼女からしたら、あの状況は頼もしさより、恐怖を感じてもおかしくはない。

その結果、ロイのことを怖いと思ってしまったのならば、避けようとするのも自然な流れだ。

そして、それを自分の弱さと表現したことも、理解出来る。

彼女にとって、その問題は仕方ないで済ませられることではなかったのだろう。

しかし、彼女のその考え方は好ましいことであると同時に、ロイが手助け出来るかが難しい問題でもあった。ここで自分は無害だと主張したところで、根本的な解決にはならないだろう。

だが、彼女自身がどうにか出来ることならば、避けられるようなことはなかったに違いない。

いずれ彼女の中で整理が付くのかもしれないが、その頃にはこの街からいなくなってしまう可能性もあるだろう。

その時は諦めるしかないのかもしれないが、出来ればロイは、その結果を大人《おとな》しく待つようなことだけはしたくなかった。

この街での用が済んだら別れてしまうとはいえ、折角こうして知り合えたのだから。

仲良く出来るのならば、それに越したことはないと思うのだ。

そして、そうした出来事や日々を楽しいものとして思い出したいのである。

悲しかったり辛かったり、後悔したり……そういう思い出は、出来ればこれ以上積み上げたくはなかった。

そう思い、会話の糸口を探そうと辺りを見回す。

「んー……都合よく何かきっかけにでもなりそうなものがあったりは……」

せめて話題になりそうなものがあれば、この微妙な雰囲気を変えられそうだと考えたからだ。

もちろんそこにあるのはいつも通りの光景でしかないのだが……ふと、その一角で目を止める。

そこにいたのは、見知った人物であった。

「……まあ、ここにいるのは別におかしいことでもないんだけど……」

そのロイの呟きを、耳ざとくアリエルが聞きつける。

そして、首を傾げながら、ロイが見ている先へと視線を向けた。

「何よ？　何か気になることでもあったの……って、あれって確か……サティアさん、だったかしら？」

そう、そこにいたのは、受付嬢であった。

そして、その向かい側にいる、どことなく柄《がら》の悪そうな男と何やら話している様子だったのだ。

別に、柄の悪い男というのは、珍しいものではない。というか、その筆頭《ひっとう》が冒険者だ。

ある意味では、ロイもその一人に数えられるかもしれない。

目を細めて、しばらくジッと見ていると、受付嬢もロイのことに気付いたようだ。

男と話している途中で振り返ると、軽く目を見開いたのである。

ちょうど話の区切りがついたのか、そのままロイ達の方へと向かってきた。

声の届くところにまで近付き、やあと片手を上げてくる。

「こんなところで会うなんて、奇遇だね」

「……そうですね。今日はギルドの方はいいんですか？」

「いや、今は頼まれた荷物を届けた帰りでね。一応仕事中さ。生憎他は誰も手が空《あ》いていなくてね」

「なるほど……」

確かに、今の時刻は昼時であり、ギルドにとっては比較的暇な時間帯である。

「じゃあ、さっきの人とデートをしていた、とかいうわけではないんですね」

「うん？　さっきの人、かい？　ああ、あれは道を尋ねられただけだよ。ちょっと複雑な道だったもんでね、説明に手間取ってしまったというわけさ。なんだい、嫉妬《しっと》でもしてくれたのかな？」

「まさか。何となく、ちょっと怪しい気がしたからですよ」

「ああ……まあ確かに、言われてみればそうかもしれないね。とはいえ、そんなことを言ったら、この街の多くの人が該当《がいとう》してしまう気がするけれど？」

「……確かに」

先ほど自分でも同じようなことを思ったので、その言葉にはぐうの音《ね》も出ない。

だが、何となく何かが気になったのだが……まあ、少し神経質になっているのかもしれない。

「それよりも、キミ達の方こそデートかい？」

と、続けて受付嬢は、ロイへのお返しとばかりにそんなことを口にした。ロイは肩をすくめ、アリエルも、何を言っているのだとばかりに眉をひそめる。

「はあ？　そんなわけ――」

「そうならよかったんですけどね」

「は、はあ⁉　ちょっと⁉　なに言ってんのよ⁉」

ロイとしては冗談のつもりだったのだが、アリエルの反応の大きさに彼の方が驚いた。

何となく、こういうことを言えばアリエルが反応するだろうと思っていたものの、予想以上である。食ってかかりそうなその勢いからは、先ほどまでの余所余所しさが吹き飛んでいた。

ロイが瞬きを繰り返し、それから受付嬢と思わず顔を見合わせたのも、それが少し嬉しかったからであった。

「とまあ、こんな感じです」

「なるほど……まだまだこれから、といったところのようだね。紳士《しんし》なのも結構だけど、少し強引さが足りないんじゃないかい？　時にはそういったのも必要だよ？」

「強引さ、ですか……分かりました。貴重《きちょう》なアドバイスありがとうございました」

「なに、知っている子達が結《むす》ばれるっていうのは、ボクにとっても嬉しいものだからね」

と、さすがにその辺までくれば、アリエルも冗談だと気付いたのか、ジト目を向けてくる。

これ以上はさすがに怒らせてしまいそうだったので、降参《こうさん》するように大人しく両手を上げた。

それから、言い訳をする。

「いや、今のは冗談だけど、もっと仲良くしたいっていうのは本音だよ？」

「……よく言うわ。あんたってそんな性格だったわけ？」

「そんな、っていうのがどういうのを指すのかは分からないけど、僕だって冗談くらいは言うさ」

「冗談、ねえ……まあ、あんたが何を思ってどんなことを言おうが勝手だけど、あたしはさっき自分の都合であんたを避けてるって言ったはずだけど？」

「うん。確かに聞いたね。でも、君が自分の都合で自分の行動を決めるなら、僕も僕の都合で動いて問題ないよね」

「……よく回る口ね」

そう言ってアリエルは溜息を吐き出したが、ロイの言ったことを否定はしなかった。

その反応を、好きにしていいという返事と捉え、ロイは安堵する。

何とか一歩前進といったところだが、前進出来ただけ十分であろう。

ふと、受付嬢に視線をやると笑みを浮かべていた。

「ふむ……有言実行《ゆうげんじっこう》、といったところかな？」

「おかげさまで、といったところですかね」

「折角だし、もうちょっと二人のお手伝いをしておこうかな。そんなキミ達にピッタリの情報を提供してあげよう。ま、既に知ってるかもしれないけどね」

「情報、ですか？」

「うん。この街は今、祭りのようなものをやっているからね。いい機会だし、キミ達二人で見て回ってみたらどうかな？」

祭り、と聞いてその場を見渡してみるが、すぐに首を傾げることとなった。

いつもとの違いが、特に感じられなかったからだ。

しかし、その直後である。

アリエルが、そういえば、と呟きながら頷いたのだ。

「ギルドでそんなこと言ってたわね。というか、元々それが理由で今日の予定が空《あ》いちゃって、こうして散策《さんさく》をしてたわけだし」

その言葉にロイがなるほどと頷いたのは、アリエルがここにいた理由が判明したからだ。

彼女達は目的があるからこそこの街に滞在しているのであり、彼女は今日もギルドでこの街の結界などについて学んでいるはずであった。

アリエルが何故ここにいるのだろうと思っていたのだが、どうやら暇つぶしに街を歩いていたらしい。

「だからって、別にこいつと一緒に見て回らなくちゃいけない理由はないでしょ」

「うん？　いやだって、キミは見るからに暇そうだし、それは彼もそうだ。ならば、二人で見に行くのも一つの手だと思わないかい？」

「さらっと失礼なことを言われた気がするわね……まあ、確かに暇なんだけど。でも、そんな提案に従《したが》う義理はないわね。あんただってそう思うでしょ？」

アリエルに話を振られ、ロイはさらりと答えた。

「いや、僕も可能なら一緒に行きたいけど？」

「は、はあ⁉　あんた、あたしの話を聞いてなかったの？　あたしは……」

「君こそ僕の話を聞いてなかったんじゃないかな？　僕はそれでも、君と仲良くしたいんだよ。祭りみたいなものとやらにも興味あるけど、一人で行っても空《むな》しいだけだからね。まあ、アリエルが本気で嫌だって思うなら、さすがに諦めるけどね」

「……あんたって結構強引なのね」

「まあね。これでも一応勇者とか呼ばれてるらしいからさ」

「どう考えても関係ないでしょ、それ……はぁ。分かったわよ。まあ、時間に余裕はあるし……あたしも、正直ちょっとだけ興味はあったもの」

渋々《しぶしぶ》といった感じではあったが、それでも頷いてくれたことに違いはない。

ゆえに、ロイは口元を緩めると、そのきっかけを作ってくれた受付嬢に小さく頭を下げたのであった。

第三章　狩猟祭《しゅりょうさい》と奇跡《きせき》

祭りのようなものに興味があるというのは、ロイにとっては半ば口実《こうじつ》だ。

しかし、口実のためだけに来たかと言えばそうではなく、純粋《じゅんすい》に楽しみにしている気持ちもあった。

何せあの受付嬢がわざわざ言ってきたのである。

ロイの手助けをするために提案したとはいえ、彼がまるで興味を持てないようなことだったら、わざわざ言ってこなかったに違いない。

「ふーむ……なるほど。確かに、こうして改めて見るとそれっぽい雰囲気はあるなぁ……」

「確かにね。でも言われないと気付かないってことでもあるわけだけれど」

「まあ盛《も》り上がるのはこれからだって話だったしね。ある程度仕方ないんじゃないかな」

そんなことを言いながら、ロイとアリエルは街中を歩いていた。

周囲には沢山の露店《ろてん》が並び、盛況ぶりを伝えてくる。

ただ、この街の普段の様子を知っている人々にとってはほとんどいつも通りで、驚くような賑わいではなかった。

実際ロイばかりかアリエルすらも、今日の様子を特別不思議がったりすることはなかったのだ。受付嬢から話を聞かなければ、気付かぬままであったかもしれない。

人々の賑わいは変わらないが、聞こえてくる声は僅かに弾《はず》んでいるように思えたし、何よりも違うのは、露店に並んでいる商品だ。

露店というのは、基本的に毎回同じものであることは珍しく、その都度《つど》違う人が営業するものである。

そして、この世界で露店を開くことが最も多いのは行商人であり、次が店舗《てんぽ》を構えられるほどの資金がない街商人、続いて、冒険者が仕入れた物を売るケースが多い。

そういった場合、まったく同じものや同じ店が並ばないといっても、ある程度系統は似通うものである。

だが、今日は所々の露店でいつもは見かけないようなものを見かけることがあった。

というか、ロイの記憶にある限り、それらが露店に並んでいるのを見るのは初めてかもしれない。

なんと、原形を留めた状態の魔物が並んでいたのだ。

中には、傷一つ見当たらず、今にも動き出しそうなものもあった。

しかし、露店に並べられているとはいえ、商品としての意味はないだろう。

確かに魔物の各種部位は素材として用いられることが多く、需要《じゅよう》も多い。

だが、一頭丸ごとを必要とする人というのは稀《まれ》だ。

使用するにしても一部分であり、その全てがあっても邪魔にしかならないのである。

「狩猟祭《しゅりょうさい》、か……なるほどなぁ」

「実際には勝手にそう呼んでるだけってことだったけど……確かにそう言われたら納得するような光景よね」

「だねえ。この街の冒険者の力を分かりやすく示し、この街が安全であることを伝えるためのもの、か」

「よくそんなこと考えるわよねえ」

だね、ともう一度頷きつつ、ロイはその場を見回す。

原形を留めた魔物の死骸《しがい》が露店に並べられているのは、そういうことらしかった。

この街は、危険と隣り合わせの、未開拓な地に囲まれた場所である。

今でこそ賑わいのある場所となってはいるが、最初の頃は、いつ現れるか分からない脅威や魔物に怯《おび》える状態が続いていたと言われている。

そこで、当時の冒険者ギルドが自分達がその日に狩った魔物を露店に並べてみせるという催《もよお》しを始めた。

この街の冒険者はこうして周辺の魔物をしっかり狩ることが出来るので、必要以上に魔物に怯える必要はない、と示すことが目的らしい。

その結果が、今ロイ達の目に映っている狩猟祭なのだ。

一応そんなことを数年続けていたら、確かに少しずつ人は集まるようになったらしい。

だが、そのきっかけはそれを見て街が安全だと思ったからではなく、珍しいことをやっているからと、物見遊山《ものみゆさん》で人が集まったためだった。

この話を聞くと、本当に思惑《おもわく》通りだったと言えるかは分からない、というのは受付嬢の言《げん》であるが。

「ま、結果オーライって感じなのかな。考えた人がどう思ってたのかは分からないけど」

「何だかんだで今に至るまで続いてるわけだし、それなりに満足してるんじゃないの？」

「だったらいいけどねえ。あ、あそこにもう一つ増えた。なるほど、こんな感じで少しずつ増えていくんだね」

「そしてそれを見るために人も集まっていく、と。確かにこういうのが続くんなら、段々盛り上がるのはこれからなんでしょうね」

あくまでもその日に狩った魔物を並べる決まりのため、全ての人が並べ終わるまでには、ある程度の時間がかかる。盛り上がるのがこれからだというのは、そのためらしかった。

魔物という存在は身近な脅威ではあっても、冒険者以外が間近で見る機会はそう多くない。

しかもこの街の周辺に出るようなレベルの高い魔物であれば、間近で見るということは死と同義だ。そんな魔物が見られるとあって、物珍しさから普段よりも多くの人が集まり、最後には祭りらしく盛り上がるそうだ。

「迷子《まいご》が出たりもするらしいしね」

「今の状況でも出そうだもの。当然と言えば当然かしらね。そういえば、迷子って言えばなんか頼まれてたわよね？」

「うん、一応ね。まあ、見かけたら教えて欲しいってだけらしいから、そこまで気にする必要はないだろうけど」

既に子供が一人行方《ゆくえ》不明になっているらしく、見かけたら教えて欲しいと頼まれたのである。

これだけの人がいるのだから人ごみに紛《まぎ》れて迷子にはなりやすいのだろうが、とはいえ、その分誰かが先に見つける可能性もあるはずだ。ロイ達がそこまで気にする必要はないだろう。

「さて、ところで、どこか見てみたいところとかあったりする？　あるんなら付き合うよ？」

「……あたしは元々、あんたに引っ張られる形でついてこさせられた気がするんだけど？　まあ別にいいけど。でも、そんなことを言うってことは、ちゃんと覚悟してるんでしょうね？」

「あれ……もしかしてちょっと早まったかな……？　まあ……お手柔《やわ》らかにってことで」

どこか挑発的に言ってくるアリエルにそう返すと、早速何か興味深いものでも見つけたのか、周囲を見回していた彼女が歩き出す。

その姿に苦笑を浮かべると、ロイも付き従うようにして歩き出すのであった。

◆◆◆

街中を歩きながらロイは意外に思った。

宣言通りと言うべきか、アリエルが気の向くまま、といった感じで様々な露店を見て回り始めたからである。てっきり半ばノリで言ったものかと思っていたのだが——

「……いや、考えてみたら、それほど驚くことでもないのかな？」

思い返してみれば、ほぼ初対面のロイを引き連れて魔の大森林を見に行ったりしていたのだ。

その行動力を考えれば、このくらいのことは当然だったのかもしれない。

独り言のつもりだったのだが、耳ざとくその声を聞きつけたのか、露店の一つを眺めていたアリエルが振り向いた。

「なに？　何か言ったかしら？」

「いや、ただの独り言だよ。こうして色々見てみると、改めて普段は目にしないようなものが沢山並べられてるって感じられるな、と思ってさ」

言い訳のように口にした感想ではあるが、実際のところそれは本音でもあった。

様々な魔物の死体が並ぶのは、ある種異様とも呼べる光景かもしれないが、少しワクワクする。

狩られたばかりの魔物が、露店に所狭《ところせま》しと並べられているのだ。

妙な生々《なまなま》しさのようなものがあり、さらには食料などが並ぶ露店がなくなったわけではない。

そういったものの中に混ざっているということもあって、普段の違いがより強調されているようですらあった。

　みんなから狩猟祭と呼ばれるのも頷ける。

「ふーん……まあ正直なところ、普段との違いって言われてもあたしにはよく分からないんだけど……とりあえず、思っていた以上に盛り上がってきているのは確かみたいね。実際のところどこまで盛り上がるのかしら」

「どうなんだろうね……今年は例年以上にはなるんじゃないか、と言ってたしね」

　今年は変わった何かがあるから、というわけではなく、この間起こった一連の騒動が原因であるらしい。

　あの出来事のせいで鬱憤《うっぷん》が溜まっている者が多く、それを発散したい者も多いだろうから、今年は例年以上に盛り上がるのではないか、というのが、この話をしてくれた受付嬢の予想であった。

　それが当たるのかは分からないが、少なくとも現時点でそれなりの盛り上がりがあるのは確かである。

「んー……一応前にも、ここで祭りみたいなのがあった時に街中を歩いたことはあるけど……あの時はどんなものだったかなぁ。一通り歩いて回ったとはいえ、街の中心にはあまり近付かなかったし。まあでも、これよりはもっと人はいたかもしれないなぁ」

「やっぱりもっと増える可能性が高いってわけね……正直、色々と興味深くはあるんだけど、そろそろ人に酔いそうなのよね……故郷の森でも祭りみたいなのはあったけど、ここまで数が多かったわけじゃないし」

「そもそも絶対数が違うからねえ。まあ、そういうことなら、一旦《いったん》ここから離れようか？　街全体で行われるとは言ってたけど、さすがに街の中心から離れれば人の数も減《へ》るだろうし」

「……そうね。そうしようかしら。他の場所はどんな感じなのかも興味はあるし」

ただ避難《ひなん》するだけではなく、その先にも興味を示すとか、本当に好奇心が旺盛《おうせい》で行動力があるらしい。

苦笑を浮かべながら、じゃあそういうことで、とロイは先導し始めた。

そうしてロイ達が向かったのは、街の南側だ。

元々この周辺は住宅街なので、いつもは露店などはあまり見かけない。だが、今日は特別ということか、こっちでもちらほらと露店は見られ、それに応じた賑わいがある。

それでも先ほどよりは大分マシであり、アリエルは安堵したように息を吐き出していた。

「この辺まで来れば大丈夫だと思うんだけど、どうかな？」

「そうね……このくらいなら平気かしら。ありがとう、助かったわ」

「いやいや、元々は僕が言い出してついてきてもらったわけだしね。このくらいはしないと」

そんなことを言いながら、そういえば、元々は何となく彼女が他人行儀《ぎょうぎ》な感じになってしまっていたのを、何とかしたいと思っての行動だったと思い出したが……その甲斐はあったと言うべきだろうか。

魔の大森林に向かうまでと比べればまだ硬《かた》い気もするが、それでも先ほどよりも大分気やすくなっているように感じられる。

それを言ったらまた元に戻ってしまいそうな気がするので、口に出すことはないが。

「それにしても、随分スムーズにここまで来れたみたいだけど……やっぱりこの街に慣れてるのね」

「いや……それはどうかなぁ。個人的には、そこまで慣れてるって感じはないんだよね。ここまでスムーズに来れたのは、単に一通り街を歩いて回ったことがあるからだし」

「そういえば、さっきもそんなこと言ってたわね。今回とは別の、祭りみたいなものがあった時に、だったかしら？」

「うん。あの時のは今回のよりもちょっと物騒《ぶっそう》な感じで、危険なイベントだったけどね。街を歩き回ってたのも依頼のためだったし……でも、あの時アレを見つけたのは、そういえばこんな状況の時だったなぁ」

　街で祭りのようなものが開かれており、街の南側を、少女と二人で歩く。

　共通点と言ってしまえば、それだけではあるが――

「今回も何か見つけちゃったりするのかなぁ」

「何のことを言ってるのか分からないけど……面白そうね、それ。そうよね、普段と違うって言うんなら、探せばもっと興味深いものが見つかるかもしれないものね。探さない理由はないわ」

「ええ……いやいや、ただの冗談だからね？」

　あの時とは何もかもが違うのだし、何よりもあの時街中で竜の魔物である「ヴィーヴル」を見つけたように、同じ事が起きてしまったら、それはそれで困る。

　だがどうやら、アリエルはすっかりやる気になってしまったらしい。

　何かないものかと、目を輝かせながら周囲を見回していた。

「……ま、いっか」

　どうせ見つけようと思ったところで、見つかるようなものではあるまい。

　ならば、アリエルの好きなようにさせるべきだろう。

　そんなことを思いながら、ロイはアリエルの姿に苦笑を浮かべるのであった。

「……フラグのつもりは、なかったんだけどなぁ」


眼前の光景を前に、思わずロイは呟いた。

その胸中を占《し》めるのは、まさに今呟いた通りの思いである。

もう少し言葉にするならば、こんなはずじゃなかったとか、どうしてこんなものがここに、といったところであろうか。

そんなことを考えながら視線の先にある倉庫を見つめ、ロイは溜息を吐いた。

そのロイの心境に共感出来るとすれば、おそらくフルールだけであろう。

当然のようにアリエルには通じるわけもなく、彼女はそんなロイを眺めながら不思議そうに首を傾げた。

「突然どうしたのよ……？　ここがどうかしたわけ？　あたしには少し大きめの建物が……倉庫みたいなものがあるだけにしか見えないんだけど？」

「うん、そうだね、間違いなくあそこは倉庫なはずなんだけど……むしろ、だからこそ、かなぁ」

「……？」


訳が分からない、とでも言いたげにさらに首を傾げるアリエル。

だがロイとしてはやはり、溜息を吐くしかなかった。

見た目はアリエルが言うようにただの倉庫ではあったが、かつてヴイーヴルを発見した場所だったからだ。もっとも、それだけであるならば、ロイもこれほど反応してはいなかっただろうが――

「……本当に何なのよ？　そもそも、何か面白い場所はないかってあたしが尋ねたらあんたがここに連れてきたんじゃないの」

アリエルの言ったことは正しい。

ちらほらと露店はあるものの、並べられているものは、正直なところ場所相応だ。

珍しいものは街の中心に集まるため、この辺にあるものはそれほど変わり映《ば》えしないものばかりである。

先に中心の栄《さか》えている方を観光したため、ロイ達にとっては見劣《みおと》りしてしまい、早々に興味が薄れてしまったのであった。

しかし、このエリアは基本的に住宅街であり、存在しているのは宿ばかりである。

他に何かないかと周囲を探ったところで、そう簡単に見つかるわけもなく、何か面白いものはないかとロイが尋ねられることとなったわけだが……そこでふと思い付いたのが、ここだったのだ。

見た目は他とは変わらないが、少し前にここでちょっとした騒ぎがあったのだと、見物がてら説明するつもりだったのである。

だから、今遭遇しているのは本当に想定外のことだ。

まさかあの時と同じように、ここに結界が張られているのを見つけてしまうなんて事態は……

「んー、見て見ぬフリっていうか、ギルドに報告するってだけでも問題はない気がするんだけど……」

「何よ？　あそこに何かあるの？　しかもそれは、予想外だったたってわけ？」

そう口にしたアリエルの目は、好奇心が刺激されたと言わんばかりに輝いていた。

何も気付かなかったフリをしておけばよかったかもしれないと思ったが、残念なことに手遅れなようである。

もっとも、その時はその時で、また別の何かが起こっていた可能性もあるが。

というのも、どう考えてもこの状況からは、作為《さくい》の匂いしかしないからだ。

少なくとも、かつてここに張られていた結界は、とうに撤去《てっきょ》されたはずだとロイは聞いている。

ということは、それ以降新《あら》たにまた結界が張られたということだが……誰が、何の目的で、というのが問題であった。

この倉庫で起きたことを知っている人はそう多くないはずである。

それこそギルドの中ですら限られているはずだ。

ロイには正直あまりピンとは来ないのだが、以前ここにヴイーヴルがいて、その魔力が蓄《たくわ》えられていたことは、かなり大きな問題だったらしい。

この倉庫の名義人も、表向きは変わっていないものの、実際にはギルドが既に買い取っているとのことだ。

そんな場所に、再び結界が張られていることを偶然だと考えるほど、ロイは楽天的ではない。

あの時の状況と今とではある程度の共通点があり、しかも気のせいでなければ、張られている結界は以前のものと同種のように感じられた。

何らかの意図があると考えない方が無理というものだろう。

それでも、安全策を取るならば、ここは引いておくべきなのかもしれないが――

「ちなみにだけど、ここで僕が一旦帰ろうか、って言ったらどうする？」

「そうね……そこで素直に頷くような女だと思われてるのなら心外、といったところかしら？」

「……だよね」

「ええ。理解してもらえてるみたいで嬉しいわ」

そう言って笑みを浮かべるアリエルに、ロイは苦笑を浮かべるしかなかった。

そうは言いつつも、ロイが本気で引くと言えば、それに従うのだろうということも分かったからだ。

そしてロイとしては、ここで引くつもりはなかった。

何となくその方がいいだろうと感じていたからだ。

アリエルを伴おうとしているのも、同様である。

彼女の安全を考えるならば、彼女だけでも帰らせるか、せめてここに残しておくべきなのだろうが……一緒に行動した方がいいと思ったのだ。

正直なところ、ただの勘《かん》でしかないのだが……

万が一何かあったところで、ロイが守ればいいだけの話だ。

自分の実力に関しては、未だにどの程度なのか把握出来ていないことも多いが、そのくらいのことならば出来るという自信は芽生《めば》えていた。

あとは、それが過信《かしん》ではないことを祈るだけである。

「さて……それじゃあ、仕方ない。ちょっとあそこに行ってみるとしようか。面白いかどうかは分からないけど、気になる感じではあるからね」

「もちろんあたしとしては異論ないわ。まあ結局どういうことなのか気にはなるけど……知らない方が楽しめるかもしれないものね」

果たして度胸《どきょう》があると言うべきか、はたまた向こう見ずと言うべきか。

まあ何にせよ、それを指摘し矯正《きょうせい》する役目は自分ではあるまい。

そんなことを思いながら、ロイは再度苦笑を浮かべると、とりあえずは自分の役目を果たすため、眼前の倉庫を眺め、目を細めるのであった。

◆◆◆

その場に足を踏み入れた瞬間、アリエルが最初に抱いた感想は、期待外れ、というものであった。

ロイが気にしているようだったから、どんな場所なのかと思えば、何もない空間が広がっているだけだったのだ。

何かが転がっているどころか、空《あ》き箱一つ見当たらない。

思わず落胆の溜息が漏れた。

「……何だ、何もないじゃないの。魔物の一匹でもいたら面白かったのに」

もちろん、本当に魔物がいたら、面白いどころの話ではないということは分かっている。

何もなかったからこそ、つい口から漏れた冗談だ。

それが本音でないことはロイにも伝わっているはずである。

……そう思っていたからこそ、ロイから何の反応もないことに一瞬焦った。

「ちょっ、ちょっと、あの、今のは冗談だからね？　さすがのあたしでも、本気で魔物がいたら面白かった、なんて思ってないわよ？」

「……ん？　ああ、それは分かってるって。さすがに本気で言ってるなんて思わないよ」

「そ、そう、それならいいんだけど……って、じゃあ、一体どうしたのよ？」

何かロイが気を取られるようなものでもあったのかと思い、再度その場を見回してみるものの、やはり目に付くようなものはない。

それどころか、いくら進んでも何もない。

もしかして、その不自然さが気になったのかとアリエルは思った。

「……別に気にするようなことも物も、ないわよね？　でもあんたは今、明らかに何かに気を取られてたわ。あたしが言ったことでもないとするならば……あたしには分からないだけで、ここには実際には何かがある、ってことかしら？」

それは完全な当てずっぽうではあったが、どうやら見当外れではなさそうであった。

僅かに間を開けた後で、ロイは仕方がないとでも言いたげな笑みを浮かべた。

「うーん……確かに嘘とか吐くのはあんま得意な方じゃないって自覚はあるけど、そこまで分かりやすかったかなぁ？」

「少なくともあたしには簡単に分かったけど……」

「そっかぁ……なら結果的にはさっきのもアレでよかったのかなぁ。まあいいや……うん、確かにアリエルの言う通り、ここにはとあるものが隠されてる。もしかしたら僕にだけ見えてるのかもしれない。ただ……正直なところ、アリエルの視界に入ってないんなら、そのままでいいと思うよ？　見たところで気分がよくなるものじゃないし」

「そう言われると、余計に気になってくるんだけど？」

ロイが自分のことを考えて言ってくれている、ということは分かる。

しかしそれでも、好奇心の方が勝《まさ》った。

それに、本当にまずいものならばロイは見せようとはしないだろう。

そんなことを考えていると、ロイは諦めたように笑みを浮かべた。

「……そういうことなら、仕方ないか。まあ、多分これがトリガーなんだろうしね。隠し通せるかは分からないし、ここで見せちゃった方が、不確定要素は減るだろうってことを考えれば、悪いことでもないかな。いや、正直なところ、ちょっとだけやっぱり連れて来なかった方がよかったかもって後悔はしてるけど」

何やら気になることを口にしていたが、それを問う暇はなかった。

それよりも先に、ロイが一つ指をパチンと鳴らし——

「——ブレイク」

そう呟いた瞬間、その場に変化が生じたのだ。

とはいえ、劇的《げきてき》なことがあったわけではない。

ほんの僅か、倉庫の中央付近に、今までなかったはずの何かが現れただけであった。

しかも、それが何なのかは、しばらくの間分からなかった。

明かりが足りなくて薄暗かったというのもあるが、単純に分かりづらかったのである。

そんなものが現れることなど、予測していなかったせいもあるのかもしれない。

それが何であるのかを理解出来たのは、数秒ほどジッと見つめ続けた後のことであった。

暗闇に目が慣れたのか、ふと、うつぶせに寝転がっている人が視界に映ったのだ。

それは、子供であった。

「……あれって、子供……よね？　何でこんなところに……？」

そこまで呟き、いや、そういえば、と思い出す。

先ほど、行方不明になっている子供がいると聞いたことを。

迷った挙句《あげく》、ここに入り込んでしまった、ということなのかもしれない。

倉庫の扉には鍵《かぎ》がかかっていなかったし、子供の行動というのは時に突拍子《とっぴょうし》もないものだ。

何となくここに入ってしまったのだとしても、それほど不思議でもない。

そしてそのまま、疲れて眠《ねむ》ってしまったといったところだろうか。

先ほどから動いている様子がないのも、それで説明が付く。

……ただ一つ、あの子供が、何故、隠されていたのか、ということを除《のぞ》けば、だが。

本当は、アリエルにも分かっていた。

今考えていた想像が、ありえないということくらい。

そもそも本当にそうであったのならば、ロイは「気分がよくなるものでない」などと言わなかっただろう。

それに、どうやら隠されていたのは姿だけではなかったらしい。

先ほどまでは感じていなかった匂いが、感じ取れるようになっていたからだ。

鉄の匂いにも似たそれは、血の匂いであった。

「……ねえ」

「……そうだね、多分アリエルの考えてる通りかな。あの子は、既に死んでる。ここからじゃよく分からないけど、おそらくは心臓を一突《ひとつ》きってところだね。背中にナイフみたいなのが突き刺さったままだし」

言われてよく見てみれば、確かに背中の一部が軽く盛り上がっていた。

アリエルにはよく分からないが、アレがナイフの柄《つか》ということらしい。

状況を把握しようとするものの、当然と言うべきか、アリエルは決して冷静というわけではなかった。

それでも取り乱すことがなかったのは、ロイが近くにいるからであり、ほんの少しだけ、アリエルは死に慣れていたからだ。

「まあでも、これはあくまでも手段ってところなんだろうね。それも含めて、非常に悪趣味《あくしゅみ》ではあるけど」

ロイがそう言った瞬間であった。

唐突に床が光り出したのである。

そして、そこには既に複雑な幾何学模様《きかがくもよう》が描《えが》かれていた。

一際《ひときわ》強い光が放たれ、それがやんだ瞬間、アリエルは半ば反射的に息を呑む。

直前まで存在していなかったはずのモノが突然その場に現れ、さらにそれが戦闘に疎《うと》いアリエルでも分かるほどに、凄《すさ》まじい圧力を放っていたからである。

「……っ」

大きさは、全長十メートルといったところだろうか。

全高だけでも二メートル以上は軽くある。

薄暗い中でもはっきりと分かるほどの巨体であり、ただそれだけで圧倒されるくらいの迫力《はくりょく》があった。

だが、実際のところ、大きさなどは二の次だ。

おそらく身体《からだ》の大きさが半分以下……いや、あるいは十分の一だったところで、それから感じるものは何一つ変わらなかったかもしれない。アリエルですら一目でその名が分かるほどに、有名な存在だったからだ。

見間違いようなどあるまい。

その胴体に特徴的なものはなくとも、首が三つあるというだけで十分だ。

――ケルベロス。

一頭だけで、大きな都市ですらも壊滅《かいめつ》させかねないと言われている魔物であった。

魔の大森林で目にした魔物達よりも、確実に危険で強大な存在だ。

しかし、それを理解していながらも、アリエルは恐怖を感じていなかった。

その爪は鉄を簡単に引き裂き、吐き出される炎は家々を焼き尽くすということを知っている。さらには、それらが今すぐにでも自分の身に降りかかってきてもおかしくないことも分かっているのに、だ。

あまりの恐怖の大きさに、麻痺《まひ》してしまったわけではない。

それは多分……怖がる必要がないと、本能で理解していたからである。

「……生贄《いけにえ》を利用した、魔物の儀式召喚《ぎしきしょうかん》、か。まあ、定番と言えば定番だよね」

ポツリと呟かれた言葉は、妙にその場に響いて聞こえた。

感情がこもっているようには思えない、平坦《へいたん》な声だったというのに……いや、あるいは、だからこそか。

ビクリと、まるで怯えるように、目の前の巨体が震えるのが見えた。

「別に君が悪いわけじゃない。今のところ君自体が人を襲ったってわけでもないしね。でも……今は悪趣味なものを見せられて、正直気分がよくないんだ」

再びロイは感情のこもっていない声で呟く。

自分に向けられたものではないと分かっているのに、アリエルの背筋まで寒くなった。

アリエルの位置からでは、前を向いているロイが、今どんな顔をしているのかは分からなかったが……正直見えなくてよかったと思う。

そんな自らを恥じるように、あるいは鼓舞《こぶ》するように、吼《ほ》えた。

だが、さすがは凶悪《きょうあく》と名高い魔物といったところか。

一歩、巨体の後ろ足が、あとずさった。

『――――――！！』

炎を吐いたわけでなければ、何らかの攻撃だったわけでもない。

それでも、気の弱い者ならば、その場で卒倒《そっとう》してもおかしくないほどの迫力があった。

実際アリエルが一人であったのなら、今ので気を失っていたに違いない。

しかし今は、子犬が必死に吼えているようにしか見えなかった。

「さて……いつまでもあのままってのも可哀想《かわいそう》だしね。さっさと終わらせようか」

静かな声とともに、ロイの足が一歩前に出た。

その雰囲気に押されてか、ケルベロスの巨体が再度震え、だが今度は後ろに下がることなくその場に留まる。

威嚇《いかく》するように開いた口の奥から、赤い色が見え――

「――じゃあね」

次の瞬間、その三つの頭部の全てが消えていた。

それから、残された身体が思い出したかのように二つに分かれ、左右へと倒れていく。

直後に地響きが立ち、それで終わりであった。

あまりに呆気《あっけ》なさすぎる、圧勝という言葉すら生温《なまぬる》いような結末であったが、ロイの後ろ姿に喜びはない。

ただ、いつの間にか抜いていた剣をゆっくり仕舞うと、長い息を吐き出した。

そんな彼の姿を目にして、アリエルも軽く目を瞑《つむ》り、一つの決断をした。

ロイから視線を外し、部屋の中央――分かたれたケルベロスの身体に挟まれるようにして、今も横たわったままの子供の遺体《いたい》へと目を移す。

それから、そこに向けて歩き出した。

「……アリエル？」

それに気付いたロイが声をかけてくるが、応えることはなくそのまま歩を進める。

子供の遺体の傍にまで近寄り、その場にしゃがみ込んだ。

僅かな躊躇《ためら》いの後、その身体へと手を伸ばす。

この距離からならば、ナイフが刺さっているということもはっきり分かる。

その柄を握り、力を入れれば、嫌な感触《かんしょく》とともに簡単に引き抜けた。

血が吹き出るようなことはなかったものの、ナイフが抜けた箇所から赤黒い血が零《こぼ》れ落ちるように流れていく。

「……まだ、死んで間もない、といったところかしら？　それに、傷はこれだけみたいだし……」

誰かに問いかけているわけではなく、自分で自分の思考を確認するために呟きながら、子供の身体を見ていく。

別に医術の知識があるわけではないし、人の身体に詳しいわけでもない。

ざっと外見を眺めただけだし、もしかしたら服の下にはもっと酷い傷とかがあるのかもしれないが……それでも。

――いけると、そう思った。

「……ねえ、あたし言ったわよね？　何であたしが聖女って呼ばれてるのかなんて分からないって。何をしたわけでもないのに」

そして、出来損ないなのに。

「でも、これでも一応、出来ることはあるのよ？　あいつには言ってないから、まあ聖女とか呼ばれてるのに関係はないんでしょうけど」

それでも、この状況で出来ることはあった。

それに……たとえ見ず知らずの相手とはいえ、子供が殺されて何も思わないなんてことが、あるわけもなかった。

きっと、ロイがその胸中に浮かべているものと同じものが、アリエルの胸の中にもある。だから。

おそらくは、あまりよくはないことなのだと理解していながらも、アリエルは自らの衝《しょう》動《どう》の赴くままに、子供の身体に触れながらそっと目を閉じた。

◆◆◆

足を動かしながら空を見上げると、ロイは溜息を一つ吐き出した。

何となく、そんな気分だったのだ。

そしてそれから、自分をそんな気分にさせた人物へと視線を向けた。

「それで、本当に身体は大丈夫？　何ともない？」

「だから、大丈夫だってさっきも言ったでしょ？　別に何ともないわよ。そもそも、大したことなんてしてないんだから、どうにかなるわけがないでしょうに」

「大したことなんてしてない、ねえ……」

果たしてそれは、本気で言っているのか。それとも、そういうことにしておけ、ということなのか。

事実だけを述べるのであれば、彼女がやったことというのは、大したことどころか奇跡とすら表現していいのだが……

とはいえ、彼女がそう言っている以上は、何を言っても無駄なのだろう。

そんなことを思いながら、ロイは背負《せお》っているものから感じる重さと、伝わってくる温かさ、何よりも確かな鼓動《こどう》に、もう一度溜息を吐き出した。

「そんなことよりも、こうして見てみると、さっきよりも賑わってるように感じるわね。これから盛り上がるってのは確かだったたってことかしら」

「ああ……確かにね。僕達がこの辺に来てからそれほど時間は経ってないと思うんだけど、賑わいは増してるかな」

そんなことを言いながらその場を見回せば、相変わらず……いや、先ほど以上に人が集まっている。

露店の数も増え、そこに並ぶ魔物の数や種類もまた、多くなっているようであった。

どうしてロイ達がそんな場所を歩いているのかといえば、先ほどの一件が解決し、これから冒険者ギルドに向かおうとしているからだ。

頼まれたのもあるし、『迷子』を届けるにはそれが一番手っ取り早そうだと思ったからで――

「――あら。奇遇ですわね」

と、聞き覚えのある声に視線を向けると、そこにいたのは見知った姿であった。

「……テレーズ？　今日はやることがある、とか言ってなかったかしら？　何でこんなところにいるのよ？」

「ええ、用事があったのは確かですけれど、ちょうど先ほど終わったのですわ。とはいえ、思ったよりも早く終わってしまったため、少し暇が出来てしまい、どうしようかと思い散策をしていたのですけれど……聖女様達こそ、どうしてここに？　それも、お二人が一緒になんて」

ロイは、テレーズからの質問に一瞬どう答えたものか迷ったものの、別に隠すことなくそのままを伝えればいいだけかと思い直す。

まあ、本当の意味で全てを伝えるわけではないが。

「いえ、実はさっき偶然会ったんですけど、お互いに暇だったので、折角ということで一緒に街を見て回ってたんですよ。まあその途中で迷子を見つけてしまったわけなんですが」

「迷子……？　そういえば、何かを背負っていらっしゃいますわね……なるほど、それで今は迷子の子供を届けようとしていたところ、というわけですの」

「……ええ。それで、とりあえずギルドに行こうとしたら、偶然ここであんたに会った、ってわけよ」

「なるほど……ということは、わたくしとしたことが、お二人のお邪魔をしてしまった、ということになるのでしょうか？」

「……別にそんなことは言ってないでしょ。そもそも、邪魔って何よ。言ったでしょ、こいつとは偶然会っただけだって」

そんなやり取りをしている二人を、ロイは目を細めて眺めながら、背中の重みを確認するように、一度背負い直す。

何度か確認したところで、そこにある命に異状がないことに、小さく息を吐き出した。

先に述べたように、テレーズへと告げた内容に嘘はない。

ロイが背負っている子供が迷子なのは確かだろうし、ロイ達がこの子供を見つけたのも事実だ。

ただ……ロイ達が見つけたのは、迷子の子供ではなく、その遺体だった、という違いはあるが。

そう、ロイ達はあれから、迷子の子供を新たに見つけたわけではないのだ。

ロイが背負っているのは、あの倉庫で、生贄として使われるために殺されたのであろう子供であった。

実は生きていた、のでもない。

確認する必要がないくらいには、明らかにアレは遺体となっていた。

生死の境《さかい》を彷徨っていたとか、そういうことでもなく、間違いなく死を迎えていたのだ。

しかし、今ロイが背負っているのは、その子供である。遺体ではなく、生きた子供だ。

蘇生《そせい》が間に合ったというわけでもなく……いや、ある意味ではそれは正しいのか。

ただしそれは――死者蘇生と、呼ばれるものであるが。

それを成《な》した少女のことを横目に眺め、ロイは再度小さく息を吐き出す。

詳しいことは聞いていない。

何となく、聞けば答えてくれたような気もするが、敢えて聞こうとは思わなかった。

彼女が、それを成せるということを……その事実を示してしまうことの意味を、理解していないとは思わなかったからだ。

しかし、その上で彼女は躊躇《ためら》いなく使ってみせたのである。

ならば、それだけで十分であった。

……もっとも、それはあくまでもロイの心境的な意味での話であって、その他のことに関してはまた別になるわけだが。

アリエルは、テレーズには話していないと言っていたが、だからといって、テレーズが知らないかどうかは別である。

もしかしたら他の誰かが知っている可能性すらある。

ロイはそれが何を意味するのかを考えながら、それでも一先ずそこから目を逸らすように、テレーズへと声をかけた。

「ところで、少し暇が出来た、ということは、今は暇だということでいいんでしょうか？」

「え？　ええ、確かにそういうことになりますけれど……どうしてそのようなことをお聞きに？」

「いえ、それなら折角ですから、一緒にギルドに行きませんかと誘おうと思いまして。まあ、もちろん迷惑でなければ。ギルドに行った後どうするかは特に決めてもいませんが」

「迷惑なんてことはありませんし、むしろ嬉しいくらいですけれど……いいんですの？」

「ええ。迷子を見つけて届けようとしてる時点で、もうデートって感じじゃなくなっちゃいましたしね」

「あら……やっぱりデートだったんですのね」

そこで、アリエルが慌てて声を上げる。

「ちょっ、ちょっと、何色々と勝手に……！」

「あれ……もしかして、嫌だった？　アリエルが嫌だって言うんなら、僕も無理にとは言わないけど……」

「もちろんわたくしも、聖女様がそうおっしゃるのでしたら……」

「べっ、別に嫌とは……ああもう分かったわよ！　好きにすればいいでしょ！」

「ってことらしいんですが？」

「ええ。聖女様がそうおっしゃるのでしたら、もちろん喜んで同行させていただきますわ」

「……あっそ。好きにしたら」

そう言ってそっぽを向くアリエルに、ロイはテレーズと顔を見合わせると、苦笑を浮かべた。

それから、テレーズがアリエルに話しかけるのを、何とはなしに眺め……一つ、息を吐き出す。

自分が勇者と呼ばれているのだということは認めた。

自分の力がそれなりに外れたものであるのだということも理解した。

それでも……出来ればのんびり穏《おだ》やかな生活を送りたいと思っていることは、変わってはいないのだが――

「さて……どうしたもんだろうなぁ」

そんなことを呟きながら、二人の姿を見つめつつ、ロイはその目を鋭く細めるのであった。

◆◆◆

アリエル達と雑談を交わしながらギルドへとやってきたロイは、その場を見渡しつつ軽く驚いた。

時間を考えればそれほど不思議でもないのだが、それでもはっきりと分かるくらいには冒険者の姿が明らかに少なかったからだ。

受付どころか、併設《へいせつ》されている酒場にすらほとんど姿を見かけない。

おそらくは、狩猟祭に参加するために外へと出ているのだろう。

魔物を狩るとなれば、それを最も得意とするのはやはり冒険者である。

各々《おのおの》その自負《じふ》があるのか、狩猟祭には冒険者達が積極的に参加し、それが狩猟祭を盛り上げる要因の一つにもなっているらしい。

元々冒険者はお祭り騒ぎを好む傾向にあり、しかも余所の街の冒険者が参加することもあるため、負けられぬとより奮起《ふんき》するのだとか。

まあ、街が盛り上がるのだから、いいことに違いあるまい。

とはいえ、公的に定められた祭りではないし、冒険者ギルドが開催《かいさい》しているわけでもない。

そのためギルドは通常通りに運営されており、受付には見慣れた彼女の姿があった。

そのことにロイはつい安堵する。

街で会ってからそれなりに時間が経っているため、戻っている可能性は高かったが、そうでない可能性というのもまたあったのだ。

他の受付嬢とも面識《めんしき》がないわけではないが、一番慣れていて話しかけやすいのは彼女だ。

それに今日は少し話したいこともあったため、いてくれて助かったというのがロイの本音であった。

「さて……とりあえず僕はこの子を預けるために受付に向かうつもりですが、二人はどうします？」

「そうですわね……わたくしもご一緒してよろしいでしょうか？　少しお尋ねしたいこと

がありますので」

「尋ねたいこと……?」

「ええ。わたくしがここまでご一緒させていただいたのは、実はそれも理由の一つでしたの」

「ふーん……ならあたしも行こうかしらね。一人で待ってても暇なだけだし」

問題はなかったため、そうして三人で受付に向かうと、いつもの笑顔に出迎えられた。

「やあ、冒険者ギルドへようこそ。ロイ君とアリエルちゃんはさっきぶりだね。というか、気付いたらもう一人増えて両手に花とか、さすがはロイ君だね」

「何がさすがなのかよく分からないんですが……というか、増えたのは一人じゃないですよ?」

「うん?」

位置的に見えていなかったのか、受付嬢はロイが言おうとしていることが分からず、首を傾げた。

身体を少しずらし、背負っている子供の姿を見せると、彼女は僅かに驚いたような表情を浮かべた。

それから、何故か難しそうな顔をすると——

「それは……もしや、アリエルちゃんとの子かい……？　うーん、さすがにそれはボクも予想外だったなぁ……」

　と、呟く。

　そんな受付嬢の言葉を、アリエルはすぐに否定した。

「そんなわけないでしょうが……！」

「あっはっは、まあ冗談だよ。その子はあれかい？　さっきボクが頼んだ子ってことかな？」

「本当にそうかは分からないですけどね。顔も分からない上に、本人から聞いたってわけでもないですし」

「まあ顔が分からないのはボクも同じだけど、少なくともキミがそうだと思うような状況ではあったってことだろう？」

「まあ、大体そんな感じですね」

　厳密に言えば少し違うが、それを今この場で話すつもりはない。

　しかし、曖昧な同意から何か察したのか、彼女は特にそこに言及《げんきゅう》することはなく話を続けた。

「なら問題はないさ。ただの迷子にしろ、何か事情があるにしろ、子供が一人でいたならそれを保護するのはボク達の役目だからね」

彼女はそう言うと、奥から他のギルド職員を呼んだので、ロイはそのままその子供を預ける。

背中から重みがなくなるとともに、精神的な荷も下りた気がして、ホッと小さく息を吐き出した。

「さて、子供は無事に預かったわけだけど、これで用事は終わり……ってわけではなさそうだね？　次に用事があるのはテレーズかな？　何か聞きたそうな顔をしてるしね」

「あら、そんな顔をしていましたか？　そんなつもりはなかったのですけれど……わたくしもまだまだだということですわね」

「まあそのくらい察することが出来なくちゃ、ここに座る権利はないからね。それに、心当たりもあるし。教材の準備のことだろう？」

テレーズが答えるより先に、ロイが疑問を挟む。

「教材の準備、ですか？」

「彼女達にこの街の結界のことを教えるにあたって、色々と事前に準備してはいたんだけど、外部の人間に教えることなんて元々想定されていなかったからね。実際にやってみたら、やっぱりと言うべきか、お互いに理解出来ていないことがあってさ。それが発覚したのが昨日で、今日休みにしたのは、その準備をするためでもあったってわけだよ」

「わたくしとしても、他に所用があったので丁度《ちょうど》良かったのですが」

「なるほど……」

それで、その準備は既に終わっている、ということらしい。

準備が終わっていないのならば明日にまで及んでしまうかもしれないし、そうなれば明日も休みとなる可能性がある。

テレーズが気にするのも当然のことと言えた。

しかし、次に口を開いたのは、意外にもと言うべきか、アリエルであった。

「……準備が終わってるってことは、やろうと思えば今すぐにでも再開することは出来る、ってことよね？」

「ん？　まあ、可能か否かで言えば可能だけど……」

「そう……なら、出来れば再開したいんだけど、いいかしら？」

その言葉は三人に向けて放たれたものであった。

受付嬢にはギルド側の者として、テレーズにはともに学ぶ者として、そしてロイには今日をともに過ごしていた者として。

ロイに反対する理由はなく、また他の二人も同様のようであった。

「わたくしとしましては、聖女様がそうおっしゃるのでしたら、異論はないのですけれど……」

「ギルドとしても同じく、かな」

「僕もまあ、暇だからってことで付き合ってもらってたわけだから、やることが出来たっていうんなら特に何かを言うつもりはないけど……でも、結構唐突じゃない？」

ロイの問いに、アリエルは素っ気なく答える。

「……そうかしら？　なるべく早くあっちに戻った方が色々な意味でいいでしょうから、そのためにさっさと終わらせようとするのは当然でしょう？」

「……確かに、聖女様のおっしゃる通りですわね。まあ、わたくしは先ほども言いました通り、異論はないのですけれど」

「いや、僕もちょっと気になっただけで、異論があるってわけじゃないんだけどね」

まあ、彼女達がそれでいいというのならば、ロイからこれ以上言うことはない。

それでも、唐突だと感じたことに変わりはないのだが……あるいは、先ほどの倉庫でのことで、アリエルも何か感じることがあったのかもしれない。

「まあ、了解。なら、そういうことで伝えておくよ。さすがにすぐには始められないから、少しだけ待って欲しいけどね」

「本当に今すぐ始められるなんて思っちゃいないわよ」

「それはよかった。で、とりあえずはこれでキミ達の用事は終わりかな？　なら、ちょっとロイ君だけは残って欲しいんだけど。少し聞きたいことがあってね」

「それはちょうどよかったです。僕も少し話したいことがありましたから」

◆◆◆

アリエル達がギルド職員によって奥へと案内されるのを何となく見送っていたロイは、さて、という言葉に視線を戻した。

その先では、受付嬢が真っ直ぐにこちらを見ていた。

心なしか普段より真剣な表情の彼女は、自分に意識が向いたのを確認すると、ゆっくりその口を開いた。

「キミに聞きたいことっていうのは、他でもなくアリエルちゃんのことなんだけど……何かあったのかな？　キミも言ってたように、彼女の提案は正直ちょっと唐突だってボクも感じたからね。彼女の言っていたことは正論ではあったけど、ぶっちゃけ急ぐ必要があるほどのことではなかったし」

「これからやるってことは、多分今日中に、教えられることは全部教え終わっちゃうんじゃないかな？　つまりは、今日やらなくても明日にはどのみち終わっていたってことさ」

「そうなんですか？」

「なるほど……それは確かにほぼ意味ないですね」

一日短縮《たんしゅく》されると言えばそうだが、彼女達がそこまで急いでいたようには見えなかった。

つまり、急にそう考えるようになったということだ。

ロイが唐突に感じていたのも正しかったわけで……それが、アリエルの心境の変化によるものだとするならば、その理由はやはり、今日起こった出来事であるのだろう。

「まあそれに、キミと接する時の態度が、元通りになってたようにも見えたしね」

「それに関してはまあ、今日は色々なところを見て回ったりしましたしね。あるいは、今日あったことで頭がいっぱいになってて、それに関しては忘れてたってだけの可能性も否定は出来ませんが」

その言い方では、今日何かがあったと言っているも同然だが、ロイとしては最初からその話をするつもりだったのだ。特に隠し立てはせず、今日あったことを順序立てて説明していく。

以前ヴイーヴルがいた場所でまた魔物と遭遇したこと。

しかも今回はあからさまに召喚されたもので、そのための生贄にあの子供が利用されていたこと。

「この間の魔の大森林のこともありますし……また何か起こってるってことなんですかね？」

「さて、今のボクではそう断言することは出来ないけど……まあ、偶然が続いただけ、って考えるのも難しいだろうね。遭遇したのがキミだけだったなら話はまた別だったんだけど。キミって基本的に巻き込まれ体質だし」

「巻き込む側の貴女に言われたくはないんですが……まあ、否定出来ませんけど。で、それはともかくとして……偶然でないとするならば、ギルド側としてはどうするつもりなんでしょうか？　調査をするとか？」

「んー……そうだねえ。迷うところかな。誰がどういう目的で何をしようとしてるか、次第ではあるからね。冒険者ギルドは、元々冒険者と依頼者との仲介《ちゅうかい》組織でしかない。冒険者が何かを企んだりしてるなら、ボク達にはそれを何とかしなければならない義務があるけど、逆に冒険者以外ならばボク達には何かをする資格がない。あるいは、この街が損害《そんがい》を被るっていうなら、それもまた手を出す理由にはなるけど……今のところその気配も特にないしね」

「今日のことはそれに該当するんじゃないんですか？」

魔の大森林でのことはともかくとして、今日起こったのはこの街でのことだ。

問題とするには十分だと思うのだが、彼女は難しそうな顔をしながら首を横に振った。

「生憎と、証拠がない」

「証拠って……召喚に使われた魔法陣も、魔物の死体もあるのに、ですか？」

「うん。だって今日は狩猟祭だからね。何らかの手違いで魔物が暴《あば》れてしまった、とか言われたらそれまでだ。実際毎年似たようなことは起こってるからね。死体じゃなくて生きた魔物を無理やり連れてこようとして、失敗して暴れる、とかいうことがさ」

「……生贄が使われたのに、ですか？」

「生贄に使われた証拠がないからね。だってその生贄は生きてるんだから」

彼女が言いたいことを理解したロイは、思わず溜息を吐き出した。

生贄というのは、当然と言うべきか、殺されることでその意味を成すものだ。

生きているのに生贄として使われたというのは矛盾《むじゅん》が生じている。

だが証拠として使うとなれば、その説明を避けては通れない、ということだ。

すなわち、どうして死んだはずの子供が生きているのか、についての説明を。

それをロイが望まないと分かっているからこそ、彼女は証拠がないと言っているのだ。

「ついでに言うならば、二回ともキミが一緒だったたっていうのも、ちょっと状況を面倒にしてる理由の一つかな。キミが襲われたんだとしたら、ギルド側として出来ることはないからね。冒険者ギルドが国家間のことをある程度無視出来るのは、それだけ有用で、且《か》つ、不利益よりも利益の方が上だと判断されてるからに過ぎない。下手にキミに関わると、簡単に各国に睨《にら》まれてどうしようもなくなっちゃうからさ」

「その辺は分かってます。だからこそ、冒険者は基本的に自己責任、なんですよね。でも、ということは、ギルド側からは何も出来ない、ということですか？」

「だから、迷っているのさ。その辺の主張をされてしまったら、ボク達は何も出来ない。とはいえ、狙いがアリエルちゃんだった場合、何もしなかったらそれはそれで問題だからね。何せ彼女はこちらから招待した相手だ。何かあったらギルドの責任問題になりかねない。というかまあ、状況を考えれば、目的はともかくとして、狙いが誰なのかは考えるまでもないんだけど。何せ彼女がここに到着した日に、早速とばかりに問題が発生したわけだからね」

「じゃあ、むしろ迷う必要はないのでは？」

「普通に考えればそうなんだけど……まあ、これでもと言うべきか、これだからと言うべきか、冒険者ギルドっていうのは正直敵も多いからね。勇《いさ》み足でアリエルちゃんを守って、無用な争いを生みたくはない」

「……なるほど。だから、確証《かくしょう》でもなければ動くことは出来ない、というわけですか」

「ついでに言えば、あまりこっちに余裕もないからね。この間のゴタゴタが完全に収まったわけではないからさ」

冒険者ギルドは巨大な組織で、前回の一件の後始末などもあって思うように動けないらしい。

苦い顔をしているので、彼女の本意ではないということのようだが——

「まあというわけで、ボク達としては、善意の第三者がいてくれたりすると、非常に助かったりするんだけどね？」

と、そんなことを考えていると、少しおどけるような口調で、受付嬢はそんな言葉を告げてきた。

その意味するところはすぐに理解出来たが、ロイの口元には苦笑が浮かぶ。

「……冒険者は、冒険者ギルドにとって第三者じゃない気がするんですが？」

「冒険者ギルドの関係者っていうのは、あくまでも職員だけだよ？　それに、冒険者は、ギルドのことなんか関係なしに動くことが多々あるじゃないか」

「つまりは、僕が冒険者ギルドとは関係なく動いたことにすれば、問題はないということですか？」

「理論上はね。まあ、そもそもキミはFランクの冒険者だ。最底辺の冒険者が何をしたところで、それを冒険者ギルドのせいにするような恥知らずはいないんじゃないかな？」

「物は言いよう、ってことですかね」

「なに、大人の世界ではよくあることさ。それにしても、キミも随分と変わってきたみたいだね？」

「……そうですか？」

そこでロイが首を傾げたのは、とぼけたわけではなく、何をもって変わってきたと言われているのかが分からなかったからだ。

しかし受付嬢は、肩をすくめながら、断言するように告げた。

「そうさ。キミは要するに、アリエルちゃんのことが気になってるから、助けようとしてボクにこんなことを言っているわけだろう？　以前までのキミでは考えられなかったことだ。以前のままでも、何だかんだで彼女のことを助けようとはしただろうけど、積極的にではなかっただろうからね」

そう言われて、考えてみると、確かに受付嬢が言った通りかもしれなかった。

少なくとも、こうして正面から相談するようなことはしなかった。

「ま、いい変化だと思うよ？　それだけキミが何かを求めようとしてることの証《あかし》みたいなものだしね」

「……さあ、どうなんでしょうね？　ところで、何をするんでもいいんですが、そういえば教えられることは今日中に終わってしまう、ということだったたんでは？」

「いや、こちらから教えられることに関してはそうなんだけど、まだその後に、実際にこの結界を見ながら説明をする、というのが残っててね。やっぱり実際に見ながらじゃないと分からないこともあるだろうからさ」

そこまで言ったところで、受付嬢は今までよりトーンを落とす。

「で、だね、その時は街の外に出ることになるわけで、一応護衛は頼んであるんだけど、その時に善意の第三者も助けてくれれば、こちらとしてはさらに助かるんだけどね。その後彼女達は帰る予定になってるから、ここで彼女に何かをしようとしてるんなら、それが最後の機会になるだろうし」

つまりは、万が一本当にそんなことが起こった時のために、ロイも護衛に加われ、ということらしい。

既に依頼されているのと変わらないような気がしたが……まあ、ロイとしても望むところなのだから、問題はないだろう。

「……それにしても、何が目的なんですかね？」

「さてねえ……聖神教も敵がいないってわけじゃないし、本来ほとんど外に出てこないからね。この機会を狙って、っていうのがあっても不思議ではないかな。あるいは、そう思わせておきながら冒険者ギルドの方が狙いって可能性もあるけど。まあ、テレーズに聞いてみたら、何か心当たりがあるかもね。今の状況でボクが聞いたら問題になりそうだから、ボクから聞くことは出来ないけど」

「じゃあ、僕からそれとなく聞いてみますかね……何か心当たりがあるんならいいんですが」

「だねえ。とはいえ、もしもそうなら、もっと警戒してたような気もするけどね」

「確かに」

とはいえ、確認するだけならばタダだ。

駄目《だめ》で元々だとして聞いてみるしかあるまい。

本当に何かを知っていてくれたら楽なのだが……さて、どうなることやら。

そんな風に明日のことを考えながら、ロイは一つ息を吐き出すのであった。

◆◆◆

そこは薄暗い部屋であった。

街が賑わいに沸《わ》いている中、そんなことは関係がないとばかりに、あるいは周囲から取り残されたかのように、薄闇の中に佇《たたず》んでいる。

部屋の中には最低限の調度品《ちょうどひん》すらもなく、かろうじてある椅子《いす》とテーブルも、薄汚《うすよご》れてボロボロであり、ギリギリその役目を果たせるといったところだ。

だが、そんな部屋の中にいる二人の男の顔には、その場に相応しくないほどの明るい笑みが浮かんでいた。

「そうか……確認が取れたか」

「ええ。生憎この目で直接その瞬間を見れたわけではありませんが……あの方が確認したそうです」

「ふむ。ならば、勘違いや間違いということもないか」

交わす声も明るく、弾んですらいる。

満足気《まんぞくげ》に息が一つ吐き出された。

「素晴らしい。これでようやく、我らの大願が成就《じょうじゅ》する時がやってきた、というわけだな」

「はい。やはりあの方に相談して正解だったようですね」

「ああ。知恵を貸していただけただけでなく、お手を煩《わずら》わせることにまでなってしまったが……その甲斐はあったというところだろう」

「まあ、私もそれなりに手間をかけましたからね。これで失敗してしまっていたら面目《めんぼく》丸つぶれとなってしまうところでしたし、正直ホッとしていますよ」

「それはこちらとて同じことよ。もしも失敗していたら、この首を差し出したところで何の詫《わ》びにもならぬところであった」

「と言いますか、最初から我々の首に価値などありますまい」

「ふむ……確かに、それもそうであったな」

そんなことを言い合いながら、男達は穏やかな表情を浮かべていた。

両者ともに陰鬱《いんうつ》で怪しげな様相《ようそう》であることを考えれば、不釣《ふつ》り合いなことこの上ない。

もしもこの光景を第三者が見ていたのならば、微笑ましさなどではなく、不気味に感じることだろう。あるいは、もっと直接的に、怪しげで胡散臭《うさんくさ》いと感じるかもしれない。

「さて……ともかく、これで必要なものは揃いましたかね？」

「ああ。これでもう、十分だろう。出来れば、勇者の排除《はいじょ》もしたかったところだが……」

「まあ、出来ないと分かっていることに拘《こだわ》っても仕方ありませんからね」

「そういうことだ。勇者にばかり拘ったせいで計画に綻《ほころ》びが生じては元も子もないからな。それに結局のところ、勇者に関しては我らの私怨《しえん》に過ぎぬ」

「排除出来ていたら、それに越したことはありませんでしたが、必須ではありませんからね。どうせ計画が成ってしまえば、勇者であろうともどうしようもないのですから」

そう言いながら、男達の口元が歪んでいく。

そこに浮かぶのは、つい先ほどまでの明るく満足気なものではない。

そんなものとは程遠い、嗜虐《しぎゃく》的で、暗い笑みだ。

だがむしろ、その方が男達には似合っているとすら言えた。

普通であれば、褒《ほ》め言葉にはならないものではあるが……男達がそう聞かされたのならば、きっと彼らは喜んだことだろう。それでこそ、自分達に相応しいと。

「魔王は確かに強大な力を有していた。我ら人間にとってみれば、死そのものとしか思えぬほどにな。だからこそ、期待したのだが……まあ、所詮は『王』ということなのだろう。神には及ばぬ」

「そしてそんなものを倒した程度で勇者などと驕《おご》る者もまた、神の一端にすら届きますまい」

「ああ。だがそれでも、我らの、そしてあの方の邪魔をすることはありえる。だからこそ、可能ならば始末しておきたかったのだが……実際のところ、それは建前だ。本音は、我らの大願を邪魔した彼奴《あいつ》をこの手で葬《ほうむ》り去りたかっただけのこと」

「とはいえ、それも考え方次第ではありましょう。勇者などと驕りながら、その力がまったく通用せずに絶望しながら死にゆくというのも、また彼奴に相応しい最期《さいご》かと」

「ふ……確かにな。残念なのは、その姿を我らが見ることは出来ぬことだが……それは仕方があるまい」

「ええ。その役目はきっと、あの方が果たしてくれることでしょう」

「ともあれ、これで我らの役目はほぼ終わりだ。残すところは、あと一つのみ」

「はい。では……最後の務《つと》めを果たすとしましょうか」

そうして二人は、晴れやかな笑みを浮かべると、声を揃えて告げた。

――全ては、我らが神のために。

そしてそのまま、軽い足取りで、薄暗い部屋を後にするのであった。

◆◆◆

いつもより少し遅めに起きたロイは、朝食をとりながら、今日の予定を頭に思い浮かべていた。

昨日受付嬢から話を受けた通り、今日はアリエル達の護衛とやらをする手はずである。

朝食が少し遅めなのも、いつも通りでは少し暇な時間が出来てしまいそうだったからだ。

とはいえ、昨日は一応請《う》け負ったものの、当然と言うべきかロイには護衛などの経験はない。

実際にどこまで役に立てるかは疑問といったところだ。

「あの人が言うには、とりあえずいてくれるだけでも十分役に立つってことだったけど……まあ、なるようにしかならない、かな」

気を張り詰めているだけで解決するなら楽なのだが、大抵の場合においてそれほど簡単な話ではない。

気を抜きすぎるのも問題だが、そうならない程度に、自分に出来ることをやるしかないだろう。

と、そんな風に考えていると、ふと視線を感じた。

さり気なくそっちの方へと目を向け、しかし首を傾げる。

ロイのことを窺うように見つめていた人物というのが、セリアだったからだ。

セリアは基本的に、仕事中は仕事のことを優先させるタイプだ。

そもそも客がいないとか、一段落ついた後ならばまた別だが、今はこの時間だけあって暇というわけではない。

いつもならば、周囲の客の様子を窺っているところだが……まあ、こうして考えているよりも、直接聞いてしまった方が早そうである。

周囲を眺め、特にセリアの手が必要ではなさそうなことを確認すると、ロイは小さく手を上げ彼女を呼んだ。

「はい、ロイさん、どうしました……？　おかわり、でしょうか……？」

「いや、そういうわけじゃないんだけど、むしろ僕じゃなくてセリアの方が僕に用事か何かがあるんじゃないかと思ってさ」

「え、えっと……？」

「何か言いたげに、僕のことをちらちら窺ってたよね？」

「えっ……そ、それは……その……」

気付かれていると思ってはいなかったのか、ロイの指摘に、セリアは慌てたように視線を彷徨わせる。だが、やがて観念したように息を吐き出すと、その口を開いた。

「えっと、ロイさんに何か用事があったというわけではないんですが……その、いつもとは少し様子が違っているように見えましたので、何かあったのではないかと思いまして……」

「うん？　僕の様子が？」

「はい。えっと、わたしがそう思ったというだけなので、もしかしたら勘違いなのかもしれませんが……」

「ふーむ……」

正直に言ってしまえば、ロイにも自分がいつも通りではないという自覚はある。

初めての護衛任務を前に、多少なりとも緊張しているところがあるからだ。

ただ、だからこそ、表には出さないようにしていたはずである。

少なくとも、セリアに気付かれるとは思っていなかったというのが本音だ。

とはいえ、ロイもそこまでポーカーフェイスに自信があるわけではないし、セリアの観察眼が予想よりも上だったということなのかもしれない。

「……いや、別に意外ってほどでもない、かな？」

考えてみたら、セリアは手伝いとはいえ、こうして常日頃から接客業をしているわけである。

ならば、観察眼が磨《みが》かれるのも当然かもしれなかった。

そして、セリアはこう言ってはいるが、ある程度の確証を持てていなければ、最初から口には出さなかったに違いない。

つまりは、ロイが普段通りでないことは、既に気づかれてしまっているということだ。

そもそもロイがいつも通りを装《よそお》ったのは、セリアに余計な心配をかけないためである。

この街で色々なことがあり、それにセリアも巻き込まれてから、まだそれほどの時間は経っていない。

そのことを思い出させ、無駄に不安にさせるかもしれないと思ったのだが……気付かれてしまっているのであれば、むしろ黙っている方が不安にさせるだろう。

そう思ったロイは、素直に話してしまうことにした。

「いや、セリアの勘違いってわけではないと思うよ？　まあ、何というか、ギルドから慣れてない、というか、やったことのない依頼を受けちゃってね。そのせいでちょっと気《き》負《お》っちゃってるところがあるから、多分そのせいじゃないかな？」

厳密にはギルドの依頼というわけではないが、詳しいことを言ったところで混乱させるだけだろうから、詳細《しょうさい》は伏せておく。

説明として、完全に間違っているというわけでもないので、問題はないだろう。

そして気負っているのも、護衛をやったことがないのが理由ではないのだが……それを告げたところで、それこそ不安にさせてしまうだけである。

……普通に考えれば、ロイ以外にも護衛はつけているだろうし、何事もなければそれで十分なはずだ。

だが、あの受付嬢はロイを巻き込んだ。

ということは、少なくとも彼女は、それでは不十分だと考えていたわけだ。

慣れていないことに加え、何かあるのかもしれないと思えば、多少気負ってしまうのも仕方のないことだろう。

まあ何にせよ、セリアが気にするようなことではない。

だから、そう伝えようと思ったのだが――

「あのっ……大丈夫だと思いますっ」

「……セリア?」

「わたしが何を言ったところで説得力なんかないとは思うんですが……それでも、ロイさんはわたしを何度も助けてくれました。そのことは確かな事実です。ですから、気負う必要などはなくて……何をするのだとしても、ロイさんなら、何があっても大丈夫だと思いますっ」

セリアからそんなことを言われるとは思っていなかったため、ロイは驚きに目を瞬《またた》く。

しかし、すぐに口元が緩んだ。

確かに、セリアの言っていることに根拠《こんきょ》はないのだろう。説得力もないのかもしれない。

だが、本気で言っているのだということは分かる。

そして、ロイにとってはそれで十分であった。

「……いや、参考になったよ。うん、セリアがそこまで言ってくれるんなら、確かにあんまり気負ったりする必要はなさそうかな」

「い、いえっ、わたしはただ思った通りのことを言っただけですからっ、そのっ……」

そんな風に言われることは予想してなかったのか、慌てるセリアの姿を眺めながら、ロイはさらに口元を緩める。

今言ったことは、紛れもなくロイの本心だ。

セリアがそこまで信じてくれているというのである。

ならば、ロイとしてはそれに応えないわけにはいくまい。

それに、気負いすぎてもよくないというのは道理だ。

いっそのこと、気楽に考えるくらいがちょうどいいのかもしれない。

そんなことを考えながら、ロイはまだ慌てているセリアの姿に、目を細めるのであった。

第四章　Ｆランク冒険者と破滅《はめつ》の願い

護衛を引き受けるにあたって、ロイはあくまでも善意の第三者という立場である。

今回の件を偶然耳にし、勝手に協力を申し出ることにした、という設定だ。

その設定を貫き通すには、まず今回の件の話を偶然耳にする必要があった。

しかし、少なくとも昨日の時点では、結界見学は確定した話となってはいなかった。

つまりいつ行われるのか分からないというわけで、その状況で協力しようとしたら、彼女達のことを見張る必要があるだろう。

だがそれでは、ストーカーと大差なく、善意の協力者という言葉とは程遠い。

朝食を食べ終え宿を後にしたロイがまず冒険者ギルドに向かったのも、そういう理由が存在していたからであった。

とはいえ、冒険者ギルドに来たところで、どうやって彼女達の話を偶然耳にするのかというところだが――

そこまでの流れは、受付嬢が抜かりなく考えてくれていた。

「なに、それに関しては問題ないさ。ボクがうっかり口を滑《すべ》らせてしまったということにするからね」

「……まあ、実際はうっかりではないんですけどね」

「結局のところは、建前さえ押し通せるなら問題はないからね。こうして今キミがここにいる、という状況さえあれば、後はどうとでもなるさ。幸いにも証人は沢山いるし」

今はちょうど依頼書が張り出される前の時間であるため、冒険者ギルドの中には冒険者が沢山集まっている。

ここにロイがいたことは、彼らが証人となってくれることだろう。

もっとも、正直なところ、随分と面倒くさいというか、回りくどい真似をすると感じるところなのだが……まあ、無意味にこんなことはするまい。

そもそも協力者を増やすだけならば、それこそ普通にロイに依頼するなり、あるいは単純に頼めばいいだけなのだ。

こんなことをわざわざする必要はない。

何か理由があるのだろうと考えていると、ふとギルドの外に覚えのある気配を感じた。

しばらくするとギルドの扉が開き、その気配の正体が中へと入ってくる。

一瞬だけ横目を向ければ、予想通りアリエル達だ。

向こうもロイのことに気付いたのか、視線を感じたものの、受付に座っているからか話しかけてくることはなかった。

アリエル達はそのままギルドの奥へと向かい、何となくその背中を見送る。

やがてその姿が見えなくなると、思わずロイから溜息が漏れた。

彼女達が向かったのは、ロイも行ったことのある場所か、少なくとも似たようなところだろう。

話が漏れ聞こえるどころか、既に足音すら聞こえてはこない。

しかし視線を前方へと戻せば、受付嬢には肩をすくめて返された。

「随分迷いなく奥へと向かったものだねえ……うーん、一体彼女達は何しに来たんだろうね？　キミも気にならないかい？」

「……それは本来、僕が言わなくちゃならない台詞なのでは？」

うっかり漏らす、ということならば、受付嬢から話を振ってくるべきではない。

それ以前に、あまりにもわざとらしすぎた。

「いやいや、ボクは単にキミの気持ちを代弁しただけさ。そもそも、誰かに案内されるでもなく、ああして当たり前のようにギルドの奥に向かうっていうのは、本来は非常に珍しいことだからね。むしろ気になるのが当然っていうものさ」

「……言われてみれば、確かにそうかもしれませんね」

「そうそう。だからボクがうっかり彼女達の事情を話してしまったとしても、仕方ないことなんだよ」

それとこれとは別問題のような気もするが、所詮は建前だ。

細かいことはどうでもいい、ということなのかもしれない。

「ま、とりあえずはこれで下準備が完了したわけだ。あとはまあ……キミ次第ってところかな」

「そう言われましても……そういえば、僕が彼女達の護衛に加わるっていうのは、彼女達は知らないんですよね？」

「そりゃ当然だろう？　あくまでもキミはボクがここでうっかり漏らした話を聞いて、勝手に彼女達の助けになるべく動くわけだからね。キミ以外にそのことを知る人間がいるわけはないさ」

どうやら、本当にまったく話は通されていないらしい。

だがそれはつまり、下手をしたら追い返されることも十分にありえる。

むしろ、その可能性がとても高い。

勇者などと呼ばれていようとも、彼女達にとってみれば所詮は見知らぬ他人だ。

いや、さすがにそれよりは少しマシかもしれないが、それでもどこまで信用されているのかは疑問に思うところである。

むしろ、話を聞きつけて勝手に助けに来たとか言ったところで、不審《ふしん》に思われるだけのような気がしてならなかった。

「キミの様子から何を考えてるのかは何となく分かるけど……まあ、無用の心配だとは言っておくよ。キミはどうやら多少自分のことを自覚したところで、まだまだ自己評価は低いみたいだね？」

「そうですかね？　個人的には正しく認識していると思ってるんですが……まあそれでも、とりあえずはやるだけはやってみるつもりですけどね」

「おや……？　へえ、キミがそんな前向きなことを言うなんてね……何かいいことでもあったのかい？」

「別にそういうわけではないんですが……まあ、僕なら大丈夫だって、ちょっと応援してもらっちゃったので。今回は少し頑張ってみようかと思っているというか……まあ、そんな感じですかね」

「ふーん……やっぱり変わったね、キミ。ま、いいことだろうさ」

「さて……どうでしょうね」

以前と同じようなやり取りを交わしながら、肩をすくめる。

まあロイが変わろうが変わるまいが、やる気があろうがなかろうが、まずは護衛対象である彼女達を護衛出来ないことには始まらない。

無論何かがあると決まっているわけではないものの、何かあってからでは遅いのである。

かといって、ロイ次第と言ったからには、これ以上目の前の彼女はロイのことを手伝うつもりはないということなのだろう。

さて、どうしたものかと思いながら、ロイはアリエル達の向かっていった方向へと視線を向けつつ、一つ溜息を吐き出した。

◆◆◆

とはいえ、そう簡単にいいアイデアなど思い浮かぶはずもない。

考えた末の結論として出たのは、結局のところなるようにしかなるまい、というものであった。

ただの開き直りや考えなしと何も変わらないのかもしれないが、それはそれで自分らしい。

そんなことを思いながら、何となく見上げていた空から視線を下ろすと、ロイは視線の先の人物達へ向けて片手を上げた。

「や、おはよう」

しかし、なるべくさりげなく、さわやかに挨拶をしたつもりだというのに、それに対する反応は鈍《にぶ》かった。

それどころか、一人からは呆れたような視線を向けられる始末である。

「……おはよう、じゃないわよ」

「え、でも時間的には普通におはよう、で合ってるよね？　さっきすれ違いはしたけど、挨拶はしてなかったし」

「そういうことじゃなくて、どうしてここにロイさんがいるのか、ってことだと思うっすよ？　あちしも同感っすし」

いや、どうやら呆れたような視線を向けてきているのがもう一人いたようだ。

溜息混じりの言葉に、肩をすくめて応える。

「どうしてって言われても、僕がここにいるのはそれほど不思議なことではないと思うけど？」

ロイ達が今いるのは、街と外との境目である北門の前である。

確かにロイが北門を利用するのは珍しいが、街の外に出るための四つしかない門のうちの一つなのだ。

そこにロイがいたところで不思議はあるまい。

しかし、彼女達は、初めから分かっていたことではあるが、そんな建前で誤魔化されるほど単純ではなかった。

「確かに、場所だけでしたらそうも言えますけれど、このような時間に、しかもわたくし達のことを待つように、となりますと、そうも言ってはいられないと思いますわよ？」

「いやあ、そんなこともないんじゃないかな？　偶然朝早く起きて、何となくここで空を見ていたところに、偶然君達がここに来た、ってこともありえるんじゃないかな？」

「……可能性の話をしてる時点で、語るに落ちてる」

テレーズの指摘に、ロイは屁理屈《へりくつ》で返すが、シルヴィに冷静に突っ込まれた。

まあ確かに、その通りではあった。

本気で信じさせようとしているわけではないので、問題はないが。

もちろん、ロイが北門の前にいた理由は彼女達を待ち、合流するためだ。

あの受付嬢から、彼女達がまずはここに来るという話を聞いたロイは、ここで待つのが確実だ、と考えたのである。

ギルドでそのまま彼女達が部屋から出てくるのを待つということも考えはしたが、さすがにそこで簡単に合流が出来ると考えるほどロイも楽天的ではない。

話し込む可能性を考えれば、ギルドで待つのは適切ではないと考え、北門の前で待つことを選択したのだ。

とはいえ、ここからどうやって説得するのかに関しては、出たとこ勝負なわけだが――

「……ま、ロイさんがここにいる理由は、何となく予想は付くっすけどね。あちしとシルヴィさんも彼女達の護衛を依頼されたんすが、二人じゃ不安が残るって言ったんすよ。でも、向こうには含みがあるような言い方で問題ないとか返されたっすから。あれって要するに、ロイさんも来るってことだったんすよね？」

「……私の時も同じようなことを言われた。私の場合、護衛はおまけ。それに、こういうことに向いていない。でも、問題ないと言われた」

フルールがアリエル達の護衛に、シルヴィが調査協力を担当する者に選ばれたことは、ロイも受付嬢から話を聞いて知っていた。

だから、アリエル達とともにフルール達がやってきても、特に驚いたりはしなかったのだが……どうやら彼女達の方でもそれとなく話は聞かされていたらしい。

もっとも――

「へー……それはまた、偶然だね？」

「……ちょっと。この期《ご》に及んで、まだ偶然ここにいたなんてことを言い張るつもりなわけ？」

「ああいや、さすがに北門付近にいたことを偶然だと誤魔化すつもりはないよ？　あくまでもそれは冗談だからね。だけど、君達がこれからしようとしていることを僕が耳にしたのは偶然なんだよ」

「……偶然、ですの？　わたくし達が今日ここに来ることを知っているのは、極々《ごくごく》一部の限られた方だけのはずですけれど……」

テレーズが怪訝《けげん》そうな表情で尋ねる。

「ええ、偶然です。ほら、さっきギルドですれ違いましたよね？　それで、そのことが少し気になりまして、受付で聞いてみたんですけど……そこで、うっかり漏らしてしまったらしくて」

「……うっかり、っすか？　ギルドの受付嬢が、っすよね？」

「うん、うっかり。後で確認してもらっても問題ないよ？　本人がそう言ってたからね。まあ、彼女にとっては問題あることだろうけど」

　そう、あくまでもロイがここにいるのは、彼女がうっかり情報を話してしまったからという体《てい》でなければならない。

　受付嬢はロイが来ることをフルール達に示唆《しさ》するはずがないのだ。

「だから、フルールが言われてたことっていうのは、僕とは別なんじゃないかな？」

「……だから、偶然？」

「そういうこと」

　そうして頷いてみたが、誰も納得していないような様子であった。

　まあ、無理もあるまい。

　ロイだって無理があると思っているのだから、むしろここで素直に納得されたらその方が驚きである。

　とはいえ、そういう設定になっている以上は、受け入れてもらわなくてはならないのだ。

「……まあ、いいわ。とりあえず、あんたがここに来たのは偶然ってことにしておくとしても、それであんたは結局なんでここにいるのよ？」

「そういうことにしておくも何も事実なんだけど……まあそれはともかくとして、僕がここに来たのは、当然アリエル達の手助けをするためだよ？　護衛は何人いてもいいだろうしね……ちょっと、気になることもあるし」

「……なるほど、偶然っていうのは、そういう意味も含めてってことっすか。まあ理由は何であれ、ロイさんが助けてくれるんならこっちとしても助かるのは事実っすが……」

そこでフルールが、どうするんだとばかりにアリエル達に視線を向けたのは、結局のところどうするのかは彼女達次第だからだろう。

正式にギルドから頼まれていない以上は、彼女達が拒否《きょひ》すればそれまでだ。

そういえば、彼女達から拒否されてしまったらどうするのだろうかと、ロイは今更ながらに思い至った。

だが、どうやらその心配は無用であったらしい。

「……まあ、そうね。あたしとしては特に異論ないわ。なんかちょっと気になる言い方だけど……そいつなら妙なことはしないだろうし」

「わたくしとしても異論はありませんわ。勇者様が助けてくれると言っているんですもの。頼もしく思うことこそあれ、断る理由などありませんわ」

「……よろしく?」

「ってことで、どうやらいいみたいだね」

話が早すぎて、むしろ困惑するくらいであったが……まあ、早いに越したことはない。

何とか上手くいったことに、ロイは苦笑を浮かべながら一つ息を吐き出すのであった。

◆◆◆

軽く話し合った末、最前列をロイとテレーズが、少し間を空《あ》けてシルヴィとアリエルが、そして最後尾をフルールが歩くことに決まった。

護衛を分散し、それぞれの位置に置くことで、どんな状況にも対応しやすいようにした形である。

ちなみにフルールが最後尾を歩くこととなったのは、フルールが最も対応力が高そうだから、という理由からだ。

対応力は自分よりもロイの方が高いのではないか、というのがフルールの正直な感想ではあったが、反論することなく大人しく受け入れた。

最後尾を歩くよりも、最前列を歩いてロイ達を先導する方が大変そうだと思ったからである。

そんなフルールの現在の心境を一言で言い表すならば、最も近しいのは安堵ということになるだろう。

慣れない護衛という依頼で、しかも相手は丁重《ていちょう》に扱わなければならない人物達。

シルヴィが一緒だといっても、どちらかと言えばシルヴィは調査の方の協力がメインであり、そもそも本来護衛というのは、もっと多くの人数で行うものだ。

そんな状況にもかかわらず、Aランクなのだから問題ないだろう、みたいな感じで任されてしまったフルールへの重圧は凄まじく、正直不安で仕方なかったのである。

そんなところにロイが来てくれたことで、フルールは何とかその不安を和《やわ》らげることができた。

もっとも、素直に喜んでばかりもいられないようだが……

ロイが言った『偶然』を信じていないフルールからすると、彼がそんな理由をつけてまで来ること自体、何らかの事情があると推測出来るからだ。

いくらロイが相手とはいえ、冒険者ギルドの受付嬢が要人相手の情報をうっかり漏らすなどあるわけがない。

この時点で厄介事の臭いしかしなかった。

「まあ、あちし達に回される依頼なんて基本そんなもんばっかっすが……今回に関してはロイさんが必要とされる事態が起こるかもしれないってことっすからねえ……」

そんな独り言を呟きながら、フルールはアリエルの方へと視線を向ける。

この街に来てから彼女の身に起こったことに関しては、それとなく聞かされてはいた。

話に聞いただけでも、彼女が偶然巻き込まれただけとは思えないし、おそらくはギルドもそう思っているからこそ、こんな迂遠《うえん》な方法を選んだのだろう。

以前のこともあるし、内通者の存在などを疑っているのかもしれない。

とはいえ、この件に関してはよく分かっていないことばかりだ。

フルール自身にろくに情報を得る手段がないというのもあるが、ギルドがそれほど積極的に情報を集めていないのもあるのだろう。

何せギルドにとってみれば、この件はほぼ他人事なのである。

ギルドの管轄《かんかつ》にある街で、ギルドが招《まね》いたお客様に起こっていることだからこそ、こうして護衛などを行っているものの、敢えてこの件に必要以上に首を突っ込む理由はない。

どのみち、調査が終われば彼女達は自分達の街に帰る予定だから、関知するのはそこまでで十分。

下手に藪《やぶ》をつついて蛇《へび》を出してしまう可能性を考えれば、とりあえず今日を無事に乗り越えることだけを考えるのが、ギルドとしての最善策だと言える。

「……それに巻き込まれるこっちとしては、勘弁してもらいたいところっすけどねえ」

しかもロイを寄越《よこ》すということは、聖女達がこちらにいる間に相応のことが起こるかもしれないと考えているということでもあるのだ。

「せめて、何に警戒すればいいのか分かればまた違うんすけどね……ま、ないものねだりをしても仕方がないっすけど」

と、そんな風に考えていると、ふと前方の会話が耳に届いた。

「――というわけで、何か心当たりでもないかなと思ったんですけど」

「心当たり、ですか……そうですわね……」

どうやら向こうでも同じようなことを話していたところだったようだ。

しかしそこでフルールが首を傾げたのは、その問いに意味はあるのだろうかと思ったからである。

そもそも心当たりがあれば、既にギルドへと話しているのではないだろうか。

「……いや、そうとも限らないっすかね？」

彼女達はギルドからこの街へと招かれた客人ではあるが、互いにどこまで事情を話しているかは分からない。

少なくとも組織内で留めておきたい隠し事まで話すほど、双方に強い信頼関係があるわけではないだろう。

まあ、ロイ相手ならば話すのかと言われれば、それもまた別の話にはなるが……もしかしたら、ということもあるのだし、聞けるときに聞いておくべきだろう。

「……お力になりたいのは山々なのですけれど、残念なことに心当たりはありませんわね」

しかし、生憎とそんな都合のいい話はないようであった。

まあ、そんなものだろう。

「そうですか……敵対しているような人達とかは、いたりしないんですか？」

「そうですわね……明確にそう言える方々はいらっしゃらないと思いますわ」

「あれ、そうなんですか？　邪教徒の人達とそういう感じだって聞いた覚えがあるんですが……」

「確かに、多少反目しているところはありますけれど、敵対、というほどではないと思いますわ。仕えている神は異なるとはいえ、神を信望しているのは同じですもの。そして神同士が敵対していたわけでもないのだから、私達が目の敵《かたき》にする理由はありませんわ」

「そういうものなんですか……？」

「ええ、そういうものですわ」

その言葉は、正直フルールにとっても意外なものであった。

聖神教と邪教とは互いに敵対しているものだと思っていたし、少なくともフルールの知っている限りではそうであったはずだ。

本音を言ってしまえば、今回の件も邪教が関わっているのではないかと思っていたくらいである。

とはいえ、外から見た場合と実際の場合とで差異があることは珍しくない。

関係者、どころか、その中でも頂点に位置するような人がそう言ってるのだから、これもその一つだったということなのだろう。

「ただまあ、一つだけどうしても気に入らないことはありますけれど」

「気に入らないこと、ですか？」

「はい。どうにも邪教徒と呼ばれている方々は、その目的の一つとして蘇生を求めているらしいのです。何でも、失ってしまった誰かを蘇《よみがえ》らせたいのだとかで。けれど、私の考えとしましては、全てはあるがままにあるべきだと思うのです。だから、それだけはどうしても受け入れられないのですわ」

まあ、信じているものがある以上は、それと相反するものは当然存在するし、それが受け入れられないこともあるだろう。

聖神教と邪教とが敵対しているというのも、その辺のことが拡大解釈《かいしゃく》された結果なのかもしれない。

「ま、何にせよ、今回の件の手掛かりにはなりそうにないっすね。もっとも、手掛かりを得られたところで、結局はやることに違いはないんすが」

不本意ではあるけれども、フルールはあの街唯一のＡランク冒険者なのである。

情報が足りなかろうが何だろうが、やるしかないのだと、気合《きあい》を入れるように、一つ息を吐き出すのであった。

◆◆◆

北門から出発したフルール達は、現在南門の手前にまで来ていた。

その間街の周囲をぐるっと半周したわけだが、今のところ驚くほどに何も起こっていない。

街のすぐ傍なのだから、本来それは普通のことなのだが、それでも正直何かあるものだと思っていたのである。

折角気合を入れたというのに、フルールは拍子抜《ひょうしぬ》けした気分であった。

その場を見渡しながら、思わず溜息を吐き出す。

「うーん……まあ、いいことではあるんすけどねえ……」

「うん？　何か言った？」

独り言のつもりであったが、どうやらロイには聞こえてしまったらしい。

まあ、隣にいるのだから、当然と言えば当然か。最初は五人で縦《たて》に列を組んでいたが、今はテレーズ達三人が結界を見ているので、護衛組のロイとフルールは少し離れた所から見守っていた。

結界について詳しくないロイと、そもそも魔法が使えないフルールは、三人の会話に交ざれない。そのため、こうして足を止めて話し合っている間は、周囲の警戒に専念していた。

首を傾げるロイに苦笑を浮かべながら、フルールは首を横に振った。

「いえ、ただの独り言っす。てっきり何かあると思って身構えてたんすけど、ここまでそんな気配すらないなぁ、と」

「ああ、確かにね。僕もそう思って多少は身構えてたんだけど……」

「……そうなんすか？」

うん、と頷くロイからは気負いの一つも見つからず、相変わらずの自然体にしか見えない。

もっとも、ここで嘘を吐く意味はないし、それを見抜けないフルールがまだまだだというだけなのだろう。

「ま、何もないのはいいことなんじゃないかな？」

「そうなんすけどねえ……」

それでも、ロイを駆り出すほどのことなのだ。

何となく釈然《しゃくぜん》としない気がするのは、フルールが考えすぎなだけなのだろうか。

「……あるいは、元々警戒のためじゃなく、別のことが目的だった、とかっすかね」

ロイを護衛につけたとなれば、それだけ相手を重視《じゅうし》しているということになる。

そうして、聖神教との繋がりを強めようとしているのかもしれない。

冒険者ギルドは世界中に影響力を持ってはいるが、その分ギルドのことをよく思っていない人も多いのだ。

関係を深められそうな相手とは懇意《こんい》にしてもおかしくはあるまい。

そんなことを考えながら、フルールは前方へと視線を向けた。

そこでは、結界の実物を眺めながら、テレーズ達が疑問を口にしたり、シルヴィが説明したりするのをまだ続けている。

周囲に注意を向けても、やはり怪しい気配一つしない。

「ま、何事もなく済むなら、それが一番ではあるっすかねえ」

実際のところ、ここまで来ればそうなる可能性は高い。

一番何かがありそうだった、魔の大森林へと最も近付く西門付近は既に通り過ぎているからだ。

東門は最も人通りが多い場所であるから、さすがにあそこにまで行けばもう何も起こることはあるまいし、ここでも何も起こらないとなれば――

「っと、あれ？」

「うん？　どうかした？」

「いえ……門番の姿が見えないな、と思ったんす」

「あれ、本当だ……」

街と外とを繋ぐ四つの門には、それぞれ門番がいて、出入りする人物や荷物などのチェックをしている。

怪しい人や物が見つかった場合はすぐさまギルドに報告する必要があるので、このチェックを怠《おこた》るというのはありえないことなのだ。

だが、普段なら最低でも二人いるはずの門番の姿は、どこにも見当たらなかった。

「さっきまではいたっすよね……？」

「少なくとも、僕達がここに来た時にはいたはずだね。ちょうど交代の時間だったのかな？」

「それはありえるっすが……それでも、交代要員が来るまでは門にいなければならないはずなんすけどね……これは、しっかり報告しておく必要がありそうっすね」

門番というのは、立っている間常に周囲を警戒し続けなければならないので、非常に疲れる仕事だ。

フルールも何度か経験したことがあるので、交代時間になったらすぐに代わりたいと思うのも理解出来るし、時には交代要員が遅れ中々やってこないことがあるというのも分かっている。

だが、門番がいなければ、街へと自由に出入りが出来てしまうのだ。

それは非常にまずい状況である。

気持ちは理解出来ても、報告しないわけにはいかなかった。

あるいは、そのせいでギルドからそれなりのペナルティを課せられてしまうかもしれないが……残念ながらそれは自業自得《じごうじとく》というもの。観念して受け入れてもらうしかあるまい。

「もしかしたら、僕達がここにいることで少しくらいいなくとも、とか思っちゃったのかな？　フルールのことを知ってて、フルールなら大丈夫だろう、とか思ってさ」

「その可能性がないとは言わないっすが、あちし達がいつまでここにいるかも分からないんすから、言い訳にもならないっすよ。門番を任せられるってことは、ギルドからそれなりに信頼を得てたんだと思うっすが……ま、仕方ないっすね。信頼に背《そむ》いた以上は、相応の罰があって当然っす」

かわいそうだとは思うが、フルールが気を遣《つか》う理由はない。

冒険者にとって信頼は最も大切にしなければならないものなのだ。そのことを身に染《し》みて思い出してもらうしかなかろう。

ロイもそれには異論がないのか、苦笑を浮かべて返した。

と、ちょうど会話が途切れたタイミングだったからだろうか。

話を続けていたテレーズから、感心したような、それでいて溜息混じりの声がした。

「それにしても、本当にすごい結界ですわね……だからこそ、非常に惜《お》しくもあるのですけれど」

何となくフルールが視線を向ければ、テレーズの顔に浮かんでいた表情は、言葉通りのものであった。

感心しつつも、惜しいと思っているのだということが一目で分かる。

それに、アリエルが不思議そうに首を傾げた。

「惜しいって……何がよ？　何かこの結界に問題があるっていうの？」

「いえ、そういうことではありませんわ。欠点というほどではないにしても、改善点がないわけではない。そうですわよね？」

そう言ってテレーズは、シルヴィに視線を向ける。

シルヴィはテレーズが何を言いたいのかを理解しているのか、戸惑うことなく頷いた。

「……確かに。ここの結界は、他に類を見ないほどに強力。でも、それだけじゃ、この街を守るのに不完全」

「それだけじゃって……一体何が不完全だってのよ？」

フルールもアリエルと同じことを思ったが、ロイの反応は違ったようだ。

シルヴィが言おうとしていることに気付いたのか、なるほどと頷いていた。

「そういえば、ここの結界はシルヴィも補強したとか言ってたなぁ……」

「……？　それがどうしたんすか？　シルヴィさんって、Ｓランクの魔導士っすよね？　なら、ここの結界がどれだけ強力だろうと、そのくらい出来て当たり前なんじゃないっすか？」

「いや、だからあの人は、強力とは言ってもまだ完全には出来上がっていないって意味で、その程度でしかない、って言ってるんだと思うよ？」

「その程度って……」

シルヴィが補強したからと言って、元の結界に問題があったとするのは言い過ぎでは、とフルールは思う。しかし、その表現は、あながち間違っていなかったらしい。

「……ここの結界は、私でも再現出来ないくらい高度なもの。だから本来なら、私では補強すら困難なはず。それでも出来たのは、改善点が存在してたから……つまりは、未完成だったから」

「未完成……？　これで？　あたしでもこれが相当なものだってのは分かるくらいだっていうのに？」

「ええ。それでも、未完成なのですわ。そもそも、ここは開拓最前線の街ですもの。結界を張るのにじっくりと、というわけにはいかなかったでしょうし、元々ある程度形になった後は、少しずつ強化していく、という方針だったのでしょう」

そんな三人の会話を耳にしながら、フルールが首を傾げたのは、納得出来るような出来ないような、そんな感じだったからだ。

フルールは魔法を使うことは出来ないが、魔法に関する知識がないわけではない。

街に結界を張るのが相当大変だということも、まずは比較的簡単な結界を張り、周囲の状況を安定させてから、少しずつ補強したり、新しくより強力な結界を張ったりする、という話も知ってる。

だが、この結界の凄さはフルールにすら分かるほどのものだ。未完成という評価は、いまいち釈然としなかった。

「なんだか、納得出来ないって感じだね？」

「え？　……まあ、そうっすね。この街の要は間違いなくこの結界っす。魔の大森林の近くにあるっていうのに、問題なく活動出来てるのもこの結界のおかげっすし、それがどれだけすごいことなのかってことを理解してない人は、この街に一人もいないと思うっす」

結界は人の住んでいる全ての場所に存在しているわけではない。

街と呼ばれるような場所ともなればともかく、村レベルの場所ではないのが普通だ。

そしてそういった場所は、常に魔物に襲われる恐怖とともにある。

ある程度の魔物避《よ》けは行っているものの、全ての魔物を退けるものではないし、何よりも結界未満の代物だ。何らかの理由で魔物が侵入《しんにゅう》してきてしまえば、それを遮るものはない。

そうして滅んだ村の例など枚挙《まいきょ》にいとまがないし、そもそも結界ですら完璧ではないのである。

結界では防げない魔物が現れてしまって街が滅んだということも、決して珍しい話ではない。

それを考えれば、開拓最前線で、魔の大森林の近くにありながら、十年以上何事もなく済んでいるのは、間違いなくこの結界のおかげであった。

　納得のいっていないフルール相手に、ロイが話を続ける。

「んー……まあ、言いたいことは分かるけど、単純に強固《きょうこ》な結界を作るだけだってなら、実はそれほど難しいことじゃないんだよね。というか、多分大半の魔導士ならここの結界より強固なものだって作れるんじゃないかな？」

「へ……？　ここのより強力なものを、っすか？」

「うん。結界の強度っていうのは、基本的には注ぎ込んだ魔力の量に比例するからね。僕も人伝《ひとづて》に聞いた話だから正確かどうか怪しいけど、魔導士を名乗れるくらいの人になれば、ここの結界よりも強固なものを作れるくらいの魔力量はあるはずだよ。まあもっとも、あくまでもそれは強度だけを考えた場合の話だけどね」

「強度だけを考えた場合って……それに何の問題があるんすか？」

「問題だらけだよ。強度しか考えてないってことは、誰かがそれを出入りすることを考えてないってことだからね」

「あー……なるほど。そういうことっすか」

　ひと口に結界と言っても、その種類は様々だ。

外から入るどころか中から出ることすら出来ない封印じみたものから、特定の人しか入れないようなものまである。

そして結界の難易度《なんいど》は、条件が増えるごとに上がっていくらしい。

つまり強固なだけの結界なら、それほど難しくはないということだ。

「うん？　それなら、やっぱりここの結界はかなりすごいってことにならないっすか？」

魔物だけを遮り、しかもそれは無条件というわけでもない。

生きている魔物を捕《と》らえてくることもあるので、何らかの条件下ならば魔物も通ることが出来るのだ。その上で、他で類を見ないほどに強固とくれば、かなりすごいものなはずである。

「そうだね。僕達はそれに関しては一貫して認めてる。ただ、より強固な結界が作れるってことも確かなんだよ。だからこれは、未完成。今となっては確かめようがないけど、これほどの結界を作れる術者なら、もっと上のものを作れただろう、ってことだね」

「……なるほど」

ロイ達が執拗《しつよう》にここの結界が未完成だと言い張るのは、ここの結界と、そして、それを張った術者のことを、それだけ認めているということらしい。

向こうでも同じような話をしていたのか、ちょうどそのタイミングでテレーズが溜息を吐き出した。

「ですから、惜しい、のですわ。きっと術者が生きていれば、もっと凄い結界となっていたでしょうに。それこそ、強固さですら誰にも真似出来ぬほどに。あるいは、今頃はとっくに開拓が進んでいたかもしれませんわね」

「随分べた褒めするじゃないの。でも、あの娘……えーと、セリアって言ったかしら？あの娘が父親から結界の維持を受け継いだって言うんなら、そのうち強化だって出来るんじゃないの？」

アリエルの発言に、シルヴィは首を振った。

「……その可能性は低い。彼女にも魔法の才能はあるけど、それは一般的なもの。ここの結界を維持することは可能でも、おそらくはそれで精一杯《せいいっぱい》」

「本当に、残念なことですわ……ですが、だからこそ、やはりそれが神の御意思ということなのでしょう」

「はい？　あんた何を――」

と、アリエルが言いかけたその瞬間であった。

どことなく抜けていた気が一瞬で引き締《し》まり、フルールは素早く周囲へと視線を巡らした。

方向は分からずとも、明確な殺気を感じたのである。

ロイも同じように身構えているため、この感覚は決して気のせいなどではない。

次の瞬間、その場へと唐突に複数の影が出現する。

どうやら、肩透《かたす》かしなどと考えていたのは間違いであったらしい。

あるいは、そうして気を抜くことまで計算に入れていたのか。

「ま、とはいえ問題はないっすが」

生憎そこで隙を突かれるほど間抜《まぬ》けでもない。

既に戦闘態勢にはあるし、状況もよく見えている。

問題ない、ともう一度心の中で呟くと、フルールは現れた影の姿に目を細めた。

「……まあ、あれが問題ない相手かどうかは、また別なんすが」

「うん？　あれってそんな厄介な相手なの？　見た感じそこまで強そうには見えないんだけど……」

フルールの呟きにロイはそう返す。

今回に限ってはロイの見立て自体はそれほど間違っていない。

視線の先にいるのは、灰色の毛色に狼に似た外見を持つ存在だ。

狼と違うのは、その額《ひたい》に三センチほどの短い角《つの》が生えていることで、クライウルフと呼ばれる魔物であった。

単純な戦闘能力で言えば、高く見積もってCの上位といったところであり、正直フルールでも万に一つも遅れは取らないだろう相手だ。

数は全部で十ほどいるが、全てのクライウルフが単純に戦闘を挑んできてくれるだけならば、それでも結論は変わらない。

フルールが厄介そうにしていた理由は、その魔物が持つ特殊能力にあった。

「クライウルフは、戦闘能力自体は大したことはないんすけど、仲間を喚《よ》ぶことが出来るんす」

「喚ぶって……吼えるとかして？」

「いえ、召喚魔法っす。クライウルフは、魔物の中でも珍しい、召喚魔法を使える魔物なんすよ」

それこそが、クライウルフのランクがBとなっている所以《ゆえん》だ。

力で劣《おと》っていようとも、数がいればそれは力となる。

クライウルフの群《む》れともなれば、Aランクに匹敵するとも言われるほどであった。

「ちなみに、一回の召喚で大体十匹前後召喚されるらしいっす。さすがに発動するのが一瞬ってわけではないっすが、だからこそ見つけたら即座に倒すべきだと言われている魔物っすね」

「一回で十匹前後か……ちなみに、使える回数は？」

「以前試《ため》したAランクの冒険者パーティーがいたらしいっすが、少なくとも同一個体で十回は出来たらしいっす。そこで面倒くさくなって止めたらしいっすから、正確な上限は不明っすけど。あ、召喚されたクライウルフが召喚魔法を使えるのは確認されてるらしいっす」

「てことは、この場であれらが一斉に召喚を始めたら百匹くらい増えることになるってわけか。倒してる間にどんどん増えていく可能性があるのも厄介そうだね」

　そうは言いつつもロイが動こうとはしないのは、フルールがそうしないのと同じ理由によるものだろう。

　フルールの認識する限り、あれらは何の前兆もなく、唐突に一瞬でこの場に現れた。

　つまり、あれらは陽動《ようどう》で、気を取られた瞬間、本命の方が狙われる可能性があるのだ。

　それを警戒して、どう動いたものかと迷っているのである。

　一先ず視線で合図をして、アリエル達には近くに寄ってきてもらっているが――

「……とりあえず、まずはアリエル達に街の中に避難してもらうのがいいかな？」

　ロイの提案に、テレーズとアリエルが頷く。

「……そうですわね。わたくし達がここに残っていたところで、足を引っ張ってしまうだけでしょうし」

「まあ、それがいいでしょうね。幸いにも、街の門はすぐそこなわけだし」

「……それが無難《ぶなん》。私はロイ達に加勢する」

「助かるっす。この様子じゃ何があるか分かったものじゃないっすからね。それにしても、こうなると門番がいないのも幸いだったたっすね」

門から街の中に入る際には、どんな状況であろうとも、門番の検問が行われることになっている。

これは、たとえ魔物に襲われていようとも同様だ。

それを認めてしまうと、魔物に襲われた状況を作り出してしまえば、無条件で街の中に入ることが出来てしまうからである。

まあ、そんな命がけのことをやる者などそうそういまいが、一人でも出現したら問題なのだ。

だからこそ、門番から認められて、通しても問題ないと認識されない限り、常に調査は行われるのである。

もっとも、そうなるのはAランクの冒険者くらいのものだが……

「正直なところ、あまりよろしいことではないのでしょうけれど……仕方ありませんわね」

「まあ、状況が状況だもの。見逃してもらうしかないでしょ」

「あまり避難に時間をかけると、何が起こるか分かったものじゃないっすしね。申し訳ないっすが、急いで避難をお願いするっす」

アリエル達が頷き、移動を開始したのを横目に見ながら、フルールはさらに神経をとがらせると、周囲へと意識を向けた。

何かあるとすれば、やはりこのタイミングだろう。

街の中に入ってしまえば、手出しは容易ではなくなる。

二人の避難が終わるまで、しっかり見張っておく必要があった。

その甲斐あってか、それ以上は何も起こることなく、アリエル達は門の前にまで辿り着いた。

あそこは既に結界の範囲内だ。

どうやら無事に避難出来たようで、フルールはホッと安堵の息を吐き出す。

しかし、これで戦闘に集中出来ると、クライウルフの方へと意識を向けた瞬間、彼女はその判断が間違いだったことを理解した。

「――えっ？　なにこれ……魔法陣……!?」

慌てたアリエルの声に振り返れば、視界に映し出されたのは、街の中へと足を踏み入れたアリエル達の姿が、足元に出現した魔法陣から溢《あふ》れた光に呑み込まれるところであった。

瞬時に駆け出そうとするも、既に遅い。

「……なるほど、そういうことか」

アリエル達の姿がその場から消え失せた。

ロイはその光景を見て溜息混じりに呟く。

「……これは完全にやられたっすね」

せめて自分だけでも向こうに行っておくべきだったかと思うフルールだったが、後の祭りだ。

経験不足であることが、完全に足を引っ張ってしまった。

ロイの知識や経験に偏《かたよ》りがあることは、色々と教えている自分こそが知っているのだから、自分が気付き、自分が提案しなければならなかったことだ。

これがグレンであれば、きっともっと上手くやっていたはずである。

「……とはいえ、泣き言も後悔も、まずは後回しっすね」

「だね。とりあえずはこの場をさっさと片付けて、アリエルを捜《さが》さないと」

「……魔法陣の構成は、一瞬だけど見えた。あれはおそらく、短距離用の転移。そう遠くにはいってていないはず」

「そういうことなら、さっさと片付ければまだ間に合うっすね」

フルールは二手《ふたて》に分かれることも一瞬考えたが、自分達に経験が足りていないのは痛感したばかりである。

下手に戦力を分散させてしまうよりも、一つ一つを確実に、素早く終わらせていった方がいいと判断した。

そして今のそれは、目の前のクライウルフである。

素早く片付けるため、その群れを見据《みす》えて、武器を構える。

「――さっさと片付ける、か。それは困るな」

クライウルフ達の後方から突如《とつじょ》聞こえた声に、フルールは反射的に視線を向けた。

先ほどまでは何もいなかったはずのそこに、黒いローブを羽織《はお》った、見るからに怪しげな人物が立っていた。

「我らの邪魔とならぬよう、貴様らはここで――」

その人物は続けて何かを言おうとしたようであったが、そこで言葉は途切れた。

直後、その上半身が斜《なな》めにずれ、そのまま地面へと落下していく。

「生憎だけど、今の僕達は無駄話を聞くほど暇じゃないんだ……って言いたいところだったけど、さすがにそう上手くはいかないか」

ロイがそんなことを口にしたのと同時に、フルールは先ほどロイの斬撃《ざんげき》が飛んだ先に視線を向け、溜息を吐き出した。

上半身がずれ落ちたというのに、視線の先のそれは血の一滴も流してはいないからだ。

どうやら、実体ではないようであった。

「くくくっ……さすがは勇者。一瞬の躊躇《ためら》いもなくとは、それでこそ我らが宿敵《しゅくてき》よ」

「宿敵とか言われてるっすけど、ロイさん知り合いっすか？」

「あんなあからさまに怪しい恰好《かっこう》をした知り合いはいないかなぁ……宿敵ってことで思い浮かぶのは魔王関係だけど、魔物にも見えないし」

「……勇者で宿敵ということは、あと思いつくのは、邪教徒？」

「えっ、邪教徒？　なんで……？」

「邪教徒は、魔王のことを同類扱いしていたという話を聞いたことがある」

「それはあちしも初耳っすね……」

だがそうであるならば、アリエルが襲われたり攫われたりした理由に納得がいく。

テレーズはああ言っていたが、邪教の者からすればやはり聖神教の者は敵だということか。

そしてシルヴィの言ったことは、どうやら当たっているようであった。

その会話を聞き、近くの茂みから現れた幻影の正体が、ロイ達を睨みつけながら口を開く。

「邪教、か……ふんっ、まあいい。そう言っていられるのも今のうちだけよ。そう遠くないうちに我らの方が正しかったと理解することになるだろうからな。その時こそ、貶《おとし》められた我らが神の御威光《ごいこう》も取り戻されることだろう」

「どうやら、本当に邪教徒っぽいっすね」

「まあ、誰が相手だろうと別にいいんだけどね。どうせやることに変わりはないし」

「……幻影だからと安心してるから、それが命取り。すぐに本体の居場所を突き止めてみせる」

「くくくっ、安心も油断もしておらぬさ。貴様らの実力も厄介さも、よく理解している。だからこそ、こうしてしっかりと準備をしてきたのだからな」

そう言ってそれが取り出したのは、一振りのナイフであった。

戦闘を仕掛けるには刃渡りが短く、そもそも見た目的にああいったものを使用しての戦闘はあまり得意そうには見えないが……油断は禁物だ。

見た目で判断出来ないことは多いし、あのナイフが何か特別なもの、それこそ魔導具の可能性もある。

果たして何をするつもりなのかと、身構えながらその行動を見つめ――

「――我らが神に、栄光あれ」

そんな言葉とともに、それはそのナイフを自らの喉元《のどもと》へと突き刺した。

「……へ？」

思わず、フルールは間抜けな声を漏らした。

一瞬、そういう使い方をする魔導具なのかと思ったが、すぐにそうではないということが分かる。

突き刺したナイフの根元から血が滴《したた》り落ち、口から血の塊《かたまり》を吐き出したからだ。

「くくっ……全ては、我らが神の御意思のままに」

そう言って崩れ落ちたそれの姿を、フルールは呆然と見つめる。

だが即座に気を取り直したのは、その直後に自分達の周囲へと次々と魔法陣が展開されていくのを認識したからだ。

「今のって、もちろんただの自殺ってわけじゃないよね？」

「……おそらく、儀式魔法。それも、自分の命を生贄にしての」

「自分の命を生贄にって……邪教徒って呼ばれ方、やっぱり正解じゃないっすかっ……！」

その行為のどの辺に正しさがあるというのか、とフルールは言い放つ。

しかし、そんなことを言っている場合ではなかった。

魔法陣の数は、視界に映っているだけで、ざっと眺めても数十はあり、あるいは百を超《こ》えている可能性もある。

もしかしたら、他の場所にもないとは言い切れず――

「……確認した。魔力の感じから、この魔法陣は他の門の周辺にも出現してる」

「あーっ、やっぱりっすか……！」

フルールの予想通りであれば、これから起こることは街の中に避難していれば問題はなかろうが、かといって放っておくことも出来ないだろう。

そして、幸か不幸か、その予想は当たっていた。

魔法陣が光を放つと、そこから新しいクライウルフが現れたのである。

無論、展開された魔法陣の全てから、だ。

さらには、それに合わせるように全てのクライウルフが一斉に吼え始めた。

「……これって、単に吼えてるってわけじゃないよね？」

「……各個体の魔力の高まりを感じる。おそらくは、召喚魔法」

「その通りっすよ！　クライウルフが吼えるのは、召喚魔法を使う合図っす！」

落ち着いた様子のロイとシルヴィに対し、フルールは声を張り上げた。

反響するようにそこかしこから聞こえてくる咆哮から、他の場所でも同じような光景が繰り広げられているのが分かる。

冒険者がいれば各人で対応しようとはしているだろうが、それでも混乱に陥るのは間違いない。

まったく厄介極《きわ》まりないことである。

それに何よりの問題は、これはおそらくフルール達を足止めするためのものに過ぎないということだ。

この調子では、アリエル達がどんな目に遭っているのかも分かったものではない。

「最初からその予定ではあったっすが、これは本当にさっさと片付けなければならなそうっすね」

「だね」

「……異論はない」

そんな言葉を交わし合いながらフルール達は一度顔を見合わせると、一つ頷き合った。

そして視線を戻し、得物《えもの》を構えると、吼え続けるクライウルフの群れへと向かい、地を蹴るのであった。

◆◆◆

「――っ」

ふと、目が覚《さ》めた。

ぼんやりした頭で、はて自分は何をしていたんだったか、と思い――そこで一気にアリエルの意識は覚醒《かくせい》した。

「っ、そうよ、街の中に避難しようとしたら、足元に魔法陣が現れて……って、何これ……？」

思うように身動きが取れずに戸惑うアリエル。

彼女は、両手足を縛《しば》られながら転がされていることを理解する。

視界が薄暗いせいもあり、状況が掴めずに思考が混乱する中、聞き慣れた声が耳に届いた。

「あら。聖女様、お目覚《めざ》めになられたのですわね」

その声は、間違いなくテレーズのものであった。

その、はずだ。

しかし、その瞬間アリエルが感じたのは、安堵ではなく不安であった。

自分と同じ状況にいるはずなのに、妙にその声が穏やかそうに聞こえたのである。

それが自分のことを落ち着かせるため、とかであれば何の問題もないのだが——

「あら……どうかなさいましたか、聖女様？　そんな風にわたくしから遠ざかるように動いて」

「っ……そう？　そんなつもりはなかったんだけど……周囲の様子がよく見えないからかしら？　あんたの顔どころか、姿もよく見えないし、無意識にそんな行動をしちゃってたのかもしれないわね……どうやら、あんたはあたしのことがよく見えてるようだけど」

「ふふ……そうですわね。わたくしは既に目が慣れていますから。聖女様もすぐに慣れて見えるようになると思いますわ」

そんな会話をしていると、確かに少しずつ目が慣れ始め、その場の状況が見えるようになってきた。

どうやらこの場所は倉庫のようなところであるらしい。

物が積まれたりしているわけではないが、高い天井と壁《かべ》までの距離を考えるに、そう判断するのが妥当《だとう》だろう。

そして、テレーズの姿もはっきりと見えた。

アリエルから少し離れたところで、悠然《ゆうぜん》とそこに立っている。

彼女と異なり、手も足も縛られていない。

「あら……どうやらわたくしのことは見えるようになったようですけれど、それにしては驚いていませんわね？」

「……一応、驚いてはいるわよ。ただ、それ以上に納得がいったってだけで」

テレーズの様子が落ち着いているようだったのもそうだが、自分のことを受け入れてくれた時点でおかしくはあったのだ。

それどころか、聖女などと言って持ち上げてすらいた。

しかし、それも全てこうして何かに利用するためだったのだとすれば、決して不思議なことではない。

だが、テレーズの考えはアリエルの認識とは少し違っていた。

「あら……それは聖女様の勘違いですわね。わたくしが聖女様のことをそうお呼びしているのは、別に持ち上げて利用するためではありませんわよ？　わたくしは心の底から、聖女という名に相応しいと思っているからこそ、聖女様とお呼びしているのです」

「あたしが聖女に相応しいって……だから、それは一体何を根拠に言ってんのよ？　あたしがそんな風に呼ばれる理由なんてないじゃないの」

「そんなことありませんわよ？　だって聖女様は――死者蘇生が行えるではありませんか」

「っ……そう、知ってたってわけね」

別に意図的に隠していたわけではないが、教えた覚えもないのにどうやって知ったというのか。

まあ、この状況を考えれば、そんなことはもはやどうでもいいことではあるが。

「ま、別に何だっていいけど。結局のところ、あたしのことを利用しようってのは同じなんでしょうし。こうしてわざわざあたしのことを攫って、ご丁寧に手足を縛ったりするくらいなんだもの」

「そのことに関しては、正直申し訳なく思っていますわ。ただ、これは仕方のないことなのです。聖女様の性格を考えますと、素直にご協力を申し出たところで、断られてしまう可能性が高かったものですから」

「ふんっ……断られると思ったからこんなことしたとか、それでこれが正当化されるとでも思ってるわけ？　随分おめでたい考えしてるわね。この調子じゃ、蘇らせようとしてるやつも、どうせろくでもないやつなんでしょうね」

断られる可能性が高いと思っているということは、凶悪犯罪者でも蘇らせようとしているのだろうか。

確かにそれならば、アリエルは間違いなく断るだろう。

もっとも、アリエルの心情がどうであれ、蘇生が可能かどうかという問題もあるのだが。

アリエルは確かに死んだ人物を生き返らせることが出来るが、無条件でというわけでもない。

肉体に傷が少なかったり、死んで間もなくだったりと、生き返らせるにもいくつか条件が揃っている必要があるのだ。

しかも、それでいてアリエルは、完全に自分の力のことを理解しているわけでもない。

半分くらいは、何となく出来ると思うから、という感覚的なものにすぎないのである。

正確な検証《けんしょう》をしたわけではないので、分からない部分も多いが、必ずしも誰でも蘇生出来るわけではないことはアリエルも把握している。

何にせよ、テレーズが生き返らせたいと思っている人物のために、無理やりアリエルを協力させようとしたところで、確実ではないのだ。

と、その事実をビシッと叩きつけてやろうと思ったのだが、その必要が生じることはなかった。

アリエルの言葉に、テレーズは不思議そうに首を傾げていたからだ。

「蘇らせようとしてる方、ですか……？　まさか。わたくしはそのようなことを考えてすらいませんわよ？」

「は……？　あたしの力を利用して、誰かを生き返らせようとしてるんじゃないの？」

「もう一度言いますけれど、まさか、ですわ。わたくしの信条は、あるべきものは、あるべきがままに、ということですもの。そのような考えは、端《はな》からありませんわ」

そう言うテレーズの姿は、嘘を言っているようには見えなかった。

というか、この場でそんな嘘を吐く必要がない。

「じゃあ……あたしに一体、何をさせようってのよ」

「それはもちろん、決まっておりますわ――聖女様には、わたしく達とともに、この世界を滅ぼしていただきたいのです」

一瞬、何を言われたのか分からなかった。

「……世界を滅ぼすって、本気で言ってるわけ？」

「もちろんですわ。このようなことで、わたくしは冗談を言いませんもの」

確かに、テレーズはそういう冗談は口にしないだろう。

ということは、本気だということで――

「……そう。つまりあんたは、本当は邪教徒だったってわけね」

少なくともアリエルの知る限り、そんなことを企むのは、邪教に関係している者達しかいない。

最初からそうだったのか、それとも途中で何かがあって鞍替《くらが》えしたのかは知らないが、テレーズは聖神教の第一使徒という立場にありながら、実際には邪教徒だったということなのだろう。

と、アリエルはそう確信を持ったのだが、何故か当の本人は不思議そうに首を傾げていた。

「わたくしが邪教徒、ですか……？　聖女様は一体何をおっしゃっているんですの？」

「いや、何って……ああ、そういうこと？　自分が信じてるものは邪教なんかじゃないって、そう言いたいわけ？」

邪教の信徒達は、自分達こそが正しく、邪教という呼び方は正しくない、という主張をしているという話を聞いたことがある。

テレーズもそういうことが言いたいのだろうと思ったのだが、再びテレーズはその首を傾げた。

「ですから、聖女様は何をおっしゃっているんですの？　わたくしの立場は、聖女様もよくご存じでしょう？　わたくしは、聖神教の第一使徒。それ以外の何者でもありませんわ」

それはとぼけたりしているわけではなく、本気で言っているようであった。

だが、ならばどういうことなのかと、アリエルは眉をひそめる。

少なくともアリエルの知る限りでは、聖神教の教えの中には世界を滅ぼすことを是《ぜ》とするようなものはなかったはずだ。

いや、それとも――

「……あたしが知らないだけで、聖神教の教えの中には、世界は滅びるべきだとかいうものがあったりするわけ？　あたしの知る限りでは、そんなことを言ってるのは邪教の連中だけだった気がするんだけど」

「いえ、聖女様のおっしゃる通りですわ。聖神教の教えの中にはそういったものはありません。ですが……わたくし達は人間なのですわ。どれだけ完全に近づけようとしたところで、完全になることは出来ませんの」

「何が言いたいのか分からないんだけど……？」

「単純な話ですわ。聖神教の教えの中には、聖女様に聞かされていない、わたくししか知らない口伝《くでん》の内容も存在しています。しかし、それは本当に一つも漏れることなく今に至るまで伝えられているのでしょうか？　いくつか伝えることが出来なかったものがあり、それが聖神教とは関係のない、他の方々の手によって現代へと伝えられている可能性があるということは、考えられるのではありませんの？」

「……それが、邪教の連中が言ってることだっていうの？」

アリエルの問いに、テレーズははっきりと答えることはなかった。

ただ、微笑みを浮かべ、関係あるのかないのか分からないような話を口にしだす。

「ところで、聖女様は、邪神と呼ばれている御方が何をやったのか……何をやろうとしたのかをご存じですの？」

「……まあ、ある程度は。詳しくは知らないけど、何かの事情で狂って、人類を、世界を滅ぼそうとした、ってところでしょ？　それが、どうしたってのよ？」

「ええ。その話を初めて聞いた時、わたくしは疑問に思ったのですわ。それは、本当なのでしょうか、と」

「は……？　……そりゃまあ、全部が全部本当なのかは知らないけど、大筋《おおすじ》では本当なんじゃないの？」

エルフの一部など、長命種の中には当時のことを知る者もまだいるはずだ。

ある程度は当時の者達の都合のいいように変えられている可能性はあるものの、まったくの嘘ということはあるまい。

しかし、テレーズはその言葉に首を横に振った。

「わたくしも最初はそう結論付けましたわ。そう、思おうとしたのです。けれど、気付いたのですわ」

「……何によ？」

「我らが信じる神が、間違えるはずなどない、と。そして、邪神と呼ばれている御方は、その所業から邪神と呼ばれるようになっただけであり、創造神の一柱であることにも違いはないのですわ。つまりは、彼《か》の御方もまた、間違えるはずがない。ならばこそ、邪神と呼ばれる彼の御方の所業も肯定《こうてい》されるべきであり、つまりは、世界は滅びることこそが正しいというわけですわ」

はっきりとそう言い切ったテレーズのことを、アリエルは何とも言えないような表情で見つめていた。

正直に言って、何と言っていいのか分からなかったのである。

テレーズが本気で言っているのだということはよく分かったのだが――

「聖女様、どうかしましたの？　何とも言い難い表情をしておられますけれど、何か分からないことでも？」

「分からないことは、そりゃ色々とあるけど……あんたの言ってることって、そもそも矛盾してるんじゃないの？　何で世界が滅びることが正しいっていうのよ？　この世界が、あたし達が生きているのが、間違いだってこと？　なら、そんなものを創り出した神も間違いだったってことになって、根本的なところで矛盾が生じる気がするんだけど？」

「……？　何かおかしなところがありますの？　最初から滅びるところまでを考えて神々がこの世界を創った、というだけだと思いますわ」

「……何のためにそんなことをしたのよ」

「さあ……？　そこまではさすがに分かりませんわ。ですが、きっと何か意味があるはずですの。わたくし達では想像も出来ないような何かが」

微塵も動揺する素振りを見せないテレーズに、これ以上この話を続けても意味がないと感じたアリエルは、話の切り口を変えることにした。

神は間違えることはないとテレーズは信じきっているようで、それが思考の発端《ほったん》となっているようだが……それならどうしたって、無視出来ないことがあるはずだ。

「……なら、どうして邪神は倒されたのよ？　間違えるはずのない、神が。英雄と呼ばれた相手だろうと、人の手で」

「それはもちろん、この世界は滅びるべきではあっても、それを神が実行するわけにはいかないからですわ。神が全てを決めるだけでなく、実行にまで移してしまえば、それこそ何の意味もありませんもの。ですからあれは、おそらくわたくし達に教えるためだったのでしょう。この世界は滅ぶべきだと、その身をもって示したのですわ。神すらも滅ぶのですから、わたくし達も滅ぶのが道理というものでしょう？」

胸を張って堂々と、誇《ほこ》らしげにすら見えるような様子で告げたテレーズを眺めながら、アリエルは思わず溜息を吐き出した。

これはもう何を言っても無駄なのだろうと、悟ってしまったからだ。

ただ、それとは別に、先ほどから抱いていた単純な疑問があった。

「……そう、あんたが何を目的としているかはよく分かったわ。ただ、それはそれとして……そもそも、世界を滅ぼすこととあたしに何の関係があるのよ？」

アリエルに出来ることは、死んだものを生き返らせることだけだ。

世界を滅ぼすどころか、最低ランクの魔物を倒すことが出来るかも怪しい。

世界の滅びに繋がるような何かを生き返らせる、ということなのかと一瞬思ったが、それは先ほど否定されたばかりだ。

どう考えても、アリエルは必要ないようにしか思えないのだが――

「ふふ、そうですわね。何もお知りにならない聖女様からすれば、そうお思いになられるのも無理はありませんわ。当然、聖女様の力は関係ありますわ。いえ、むしろ、聖女様こそが核《かく》だと言うべきでしょう。聖女様がお使いになられる、死者蘇生の力。それこそが、世界の滅亡《めつぼう》へと繋がっている力なのですから」

「……どういう意味よ、それ？　どうすれば何かを生き返らせるような力が世界の滅亡に繋がるっていうのよ。蘇生はしないって言ってなかったかしら？」

「ええ、言いましたわ。わたくしが望んでいるのは、そんなものではありませんもの」

「……じゃあ、一体何だってのよ」

「ふふ……まあ、これ以上勿体《もったい》ぶるものではありませんか。あまり時間に余裕があるわけでもありませんもの。聖女様、単純な話なのですわ。聖女様は、力の使い方を間違っているのです。何故ならば、死者蘇生というものは、そもそも破壊神の系譜《けいふ》に連《つら》なる力。邪神と呼ばれている御方が振るっていた力と、同種のものなのです」

「あたしのこの力が、邪神と同種……？」

テレーズから言われた言葉を繰り返し呟きながら、アリエルは自分でも不思議なくらい驚きを感じていないことに気付いた。

確実に初めて聞く話のはずなのだが……もしかしたら、無意識に自分はそのことに気付いていた、ということなのかもしれない。

「ええ。ですから、聖女様はご自身を非力《ひりき》だと考えておられるようですが、本当はそんなことはないのですわ。その力を、本来の用途《ようと》通りに用いるだけで、人も魔物も容易に滅ぼすことが可能でしょう」

テレーズの言っていることは、おそらく真実だ。

自覚してみれば、確かにその通りのことが出来そうだと思えたからだ。

もっとも、実際にやったことはないため、手足の縛めを壊そうとしたら、勢い余って自分の身体にも被害が及びそうである。

この状況をどうにかするために使うことは出来なそうであった。

そして、ついでにもう一つ気付いたこともある。

「……なるほど。嘘は言ってないみたいね」

「ええ、もちろんですわ」

「だけど、見込みが甘すぎるんじゃないかしら？　確かにこれは、それなりに強力な使い方も出来そうだけど……世界を滅ぼすことなんて、不可能だわ」

邪神の同種の力とはいえ、逆に言ってしまえばそれだけでしかないのだ。

所詮一人のエルフが振るえる力など、たかが知れている。

世界を滅ぼすことなど、出来るわけがなかった。

だが、そう指摘したところで、テレーズの顔に浮かぶ笑みが崩れることはなかった。

「ええ、承知していますわ。ですが、聖女様。足りないのであれば、他から持ってくればいいだけですわ。わたくし達は、その心当たりをいつも見ていたではありませんか……強大な力の塊である『アレ』を」

「……は？　え、ちょっと待ちなさいよ……あんたまさか……？」

「はい。邪神の傷跡と呼ばれている、その力を利用するのですわ。同種の力を持つ聖女様ならば、可能なはずです」

確かに、あれを利用出来るようになれば、世界を滅ぼすことも可能だろう。

何せ未だに防ぐ方法は発見されていないのだ。

もしも任意の場所に発生させることが出来るようになったら、人類などあっさり滅んでしまうかもしれない。

「加えて言いますと、彼の御方自身は滅ぼされてしまいましたけれど、彼の御方の力に関しては残っていますわ。強大すぎるあまり分割して封印せざるを得なかったものが、世界のいずこかの地に。そして、実はこの近くにその一つが眠っているのですわ」

「……それも利用する、ってわけ？」

「ええ。とはいえ、それはただの力でしかありませんから……聖女様にはそれを取り込んでいただきますわ。本来の数分の一とはいえ、神の力を取り込むのですもの。聖女様に敵《かな》うものは、一人としておられないでしょう。それこそ、勇者であろうとも」

その状況を思い描いてでもいるのか、テレーズは恍惚《こうこつ》の混じったような表情で、そんなことを口にした。

しかし悦《えつ》に入《い》っているところ悪いが、アリエルにはどうしても聞き逃すことの出来ない言葉があった。

「……ねえ、邪神の力を取り込むって、そんなことが本当に可能なわけ？」

「もちろんですわ。もとは彼の御方の力ではあれども、今では既にただ所有者のない力の塊ですもの。もっとも、その影響で聖女様の魂は塗り潰されてしまうかもしれませんけれど……些細なことですわよね？」

些細であるはずがなかった。

まあ、世界を滅ぼすということは自分も死ぬということなので、その立場からすれば些細なのかもしれないが……少なくともアリエルにとっては、些細ではない。

だが、どうせ言ったところで、通じはしないだろう。

だから、というわけではないが、代わりにふと思ったことを尋ねてみた。

「ねえ、一つ確認なんだけど……あんたは初めてあたしに会った時から、あたしの力について知ってたわけ？」

ここまでの話からすると、そうとしか思えなかったのだ。

そして、どうやらその予想は当たっていたらしい。

「ええ、知っていましたわ。わたくし達へ協力してくださる方々は、沢山いますから。もっとも、出会えたのは偶然……いえ、神の御導きによるものですけれど。聖女様がどこにいるのかを、わたくしは知らなかったのですから。しかし、神の御導きがあったということは、やはりわたくしは神々の御意思を正しく理解出来ている、ということですわ。だからこそ、わたくしは聖女様を聖女様として迎え入れることにしたのです」

「……そう」

結局のところ、色々言ってはいるが、初めから利用するつもりで無条件で受け入れてくれたことに違いはないようだ。

まあ、分かっていたことではあるのだが……心の底に溜まった澱《よど》みを吐き出すように、アリエルは溜息を吐き出した。

「さて、長々と話してしまいましたわね。申し訳ありませんわ。ですが、これで聖女様もご自分が何をするべきかを理解してくださったと思いたいのですけれど……」

「……そう思うんなら、まずはこの拘束《こうそく》を解くべきなんじゃないのかしら？」

そう言ってはみたものの、テレーズは変わらぬ笑みを浮かべているだけである。

テレーズに協力するつもりがアリエルには微塵もないことを悟られているのだろう。

ここは、形だけでも協力するフリをするべきなのかもしれない。

きっと自分の身の安全を考えるならば、それが最善だ。

だが、たとえ自分が助かるためだとしても、嘘だとしても、世界を滅ぼすことに協力する、などという言葉を口にする気にはなれなかった。

アリエルは、かつて一度逃げた。

生まれ育った故郷から逃げて、そしてその先にあったのはこんな未来であった。

逃げ出した先で、望んだものを手にすることなど、出来るわけがないのだ。

そのことを理解したからこそ、もう一度逃げるようなまねなど、するわけにはいかなかった。

「まあ、そうよね。はっきり口にするべきよね。ええ……あんたが考えてる通りよ。あたしは、世界を滅ぼしたくなんてないし、あんた達に協力する気も、欠片《かけら》もないわ」

「……そうですか。残念ですわ。ここで協力する、とおっしゃっていただけましたら、それで全て片付いたのですけれど」

「……ちょっと待ちなさいよ。それって、どういう意味？」

「そのままの意味ですわ。先ほどわたくしは、聖神教には口伝がある、と言いましたわよね？　その中には、第一使徒にのみ伝えられる、普段使うのを禁じられている魔法が存在しているのです。たとえば、交わした約束を必ず遵守《じゅんしゅ》させる、誓約《せいやく》の魔法などが」

つまりは、嘘でも協力すると言っていたら、その魔法を使って本当に協力しなければならなくなっていた、ということか。

自分の判断が間違っていなかったことに、アリエルは思わず安堵の息を吐き出した。

とはいえ、当然と言うべきか、それで諦めるような相手ではあるまいが。

「仕方ありませんわね。ここは、無理やりにでも協力していただきますわ」

「っ……どうするつもりよ？　協力するって言うまで、痛めつけたりでもするのかしら？」

「いえいえ、まさかそんな野蛮《やばん》なことなどいたしませんわ。それに、おそらくそんなことをしたところで、無駄でしょうし」

「こんな風に縛っておきながら今更野蛮だとか、どの口が言うんだか」

しかし、実際無駄だというのはその通りではある。

どれだけ痛めつけられたところで、アリエルが協力するなどと口にすることはないだろう。

むしろより意固地《いこじ》になるだけだ。

その辺はさすがに、ある程度の時間をともに過ごしたためにテレーズも理解していた。

「というわけで、懲罰《ちょうばつ》魔法を使わせていただきますわ」

「懲罰魔法……？」

「ええ、これもまた口伝として伝わっている魔法の一つで、信徒に対し罰を与えるための魔法ですわ。そしてその中には、相手を強制的に従属させる、というものもあるのです」

「……あたしはあんたのとこの信徒になんてなった覚えはないんだけど？」

「聖女としてあれだけわたくし達と生活をともにしたではありませんか。信徒として認定されるのには、十分ですわ」

「……なるほど。全部計算ずくだったってわけね」

ここまで見越《みこ》して計画していたとは、随分と用意周到《よういしゅうとう》なことである。

とはいえ、相手に何かを強制させる魔法というのは、成功させる難易度が相当に高いと言われている。

しかも、エルフという種族は、元々魔法に対する抵抗力が高い。

これは種族的な特性であるため、アリエルも同様だ。

いくら口伝の魔法とはいっても、自分にはそう簡単には通じないとも思うのだが――

「ふふ……自分には効果がない、とお思いですわね？」

「……っ。その口ぶりからすると、随分自信がありそうね？」

「ええ。確かに、聖女様はエルフですし、通常であればこの手の魔法は非常に効きづらかったでしょう。ですが、この場所であれば、話は別なのですわ。この場所は、特別ですもの」

「この場所……？」

言われてその場を見渡してみるが、特に変わった何かがあるようには見えなかった。

この場所の一体何が特別だというのか。

「この街を選んだのも、彼の御方の力の欠片が近くにあることと、ここがあることが理由でしたから。ここがなければ、おそらく事を起こすのはまた別の場所にしていたと思いますわ」

「……この場所が、一体何だってのよ？」

「ふふ……聖女様、エルフが魔法に対する抵抗力も高いのは、何故だと思いますか？　それは、エルフが自然の影響を受けやすく、その恩恵《おんけい》を受けやすいから。地脈などから流れる自然の魔力によって、守られているからなのですわ」

「つまりは、この場所はその守りがなくなるような場所だっていうわけ？」

「ええ、さすがは聖女様ですわ。この場所では色々なことがあったために、周囲の魔力が不安定になっていますの。儀式魔法を行ったりもしたことで、さらにその傾向は増していますし」

その言葉で、アリエルはこの場所がどこであるのかを、ようやく理解した。

儀式魔法、という言葉で思い浮かぶのは、一つだけ。

「……っ、まさかあれは、そのためにやったっていうの……!?」

「あれは聖女様のお力を確認するためでもありましたが、それも理由の一つではありましたわね」

「……っ」

そんなことのために、と思ったが、そこでゆっくりと息を吐き出す。

ここで喚《わめ》いてもどうせ意味はない。

むしろ、相手の思うつぼだ。

相手の精神へと作用する系統の魔法は、対象の精神が不安定であるほどに効きやすい。

ここまでぺらぺらと色々なことを喋るのも、おそらくはそれが狙いだろう。

「ふふ、さすがは聖女様。まだまだ冷静ですわね」

「当然でしょ。っていうか、考えてみたらここがどんな場所だろうと、今のままならあんたの使おうとしてる魔法があたしに効果があるわけないもの」

「あら……それはどうしてですの？」

「あんたが言ったんじゃないの。あんたが使おうとしてるのは、相手に罰を与えるためのものだって」

罰を与える、というからには、まずは何らかの罪を犯す必要があるはずだ。

だが、生憎アリエルはテレーズに罰されるような何かをした覚えはなかった。

仮にアリエルに自覚がないだけで何らかの罪を犯していたのだとしても、それは従属させられるほどのものではあるまい。

だからこそ、今のままならば問題はないと判断したわけだが――

「ふふ……本当にさすがですわ。ですが、それに関してならば問題はありませんわよ？聖女様が罪を犯すのは、今からなのですから」

「は……？」

一体何を言っているのかと思っていると、テレーズがゆっくりと近寄ってきた。

その手を懐《ふところ》へと差し込み、取り出されたそれが、僅かな光源の中でも鈍く光る。

刃渡りはそれほどないが、それでも人一人の命を奪うのであれば余裕だろう、一振りのナイフであった。

「っ……なによ、それを使って脅《おど》そうっていうの？」

「いいえ、先ほども言いました通り、それでは聖女様には意味がないでしょうから。それに、そんなことをしたところで、わたくしの罪となるだけで、聖女様の罪とはなりませんもの。これは、わたくしが使うのではありませんわ。これは、聖女様がお使いになるのです」

「はい……？　あんた、何を言って……」

「聖女様もお考えの通り、相手を従属させるほどの効果を与えるとなれば、相応の罪を犯す必要がありますわ。そう、たとえば……聖神教の第一使徒の命を奪う、などですわね」

「……あんた、正気なの？」

「ええ、もちろんですわ」

そう言って笑みを浮かべるテレーズの目は、確かに正気にしか見えなかった。

だが、冗談ではない。

「誰がそんなこと……！」

「あら……騙した相手に復讐《ふくしゅう》するだけではありませんか。何の問題があるのでしょう？」

「問題があるからあんたは懲罰魔法とやらを使おうとしてんでしょうが……！」

「いいえ、もしかしたら、使ってみたところで効果はないかもしれませんわよ？　実際わたくしもこの魔法を使用するのは初めてですし、本当にここでならば聖女様に効果があるのかも分かっていませんもの」

そんなことを言いつつ、間近にまで近寄ってきたテレーズが、アリエルの手にナイフを握らせる。

そのままテレーズは、アリエルが持つナイフの刃先に近づいていく。

「さあ、聖女様、どうかこの世界に滅亡を」

「っ、やめっ――」

「――そして、わたくし達を、お救いください」

その言葉が、あまりにも真摯《しんし》な、心の底からのものに聞こえたからだろうか。

抵抗する力が一瞬緩み、テレーズの誘導するがままにナイフが突き出された。

慌てて止めようとするが、勢いは止まらず――

「まあ別に、互いの同意のもとでなら、何をしようと好きにしたらいいと思うんだけどさ」

そんな声が耳に届いたのと、その場に轟音が響いたのは、ほぼ同時であった。

直後にテレーズの身体が吹き飛び、まるで入れ替わったかのように、目の前へと一つの影が降り立つ。

「さすがに、無理やり自殺を手伝わせようとしてるのは、見逃せないかな」

そしてそんな言葉とともに、見覚えのある青年が、肩をすくめたのであった。

◆◆◆

その場を見渡しながら、ロイは息を一つ吐き出した。

こことも随分縁《えん》があるものだと、そんなことを思ったのだ。

とはいえ、今はそんなことを言っている場合ではない。

前方に意識を向けながら、後方へと声をかけた。

「ごめん、アリエル。ちょっと遅くなった。大丈夫？」

「……見て分かる通りよ」

「……そっか」

視線は前方に向けたままであり、さらにこの場は薄暗い。

アリエルがどんな様子なのかは正直ロイからではほとんど分からないような状況なのだが……それはアリエルも分かっているだろう。

つまりは、その上での言葉だということだ。

気にする必要はないと、そういうことらしい。

ならば、お言葉に甘えてと思い、前方に集中すれば、ちょうどゆっくり影が起き上がるところであった。

「ふふ……さすがは勇者様ですわね。予想よりも到着するのが随分とお早かったですけれど、どうやってここがお分かりに？　見つかることがないよう、余計なことはしないようにしていたのですけれど」

「いやいや、これ以上ない手掛かりが残されてたよ？　転移に用いられた、魔法陣がね」

「……あれは発動後、消滅《しょうめつ》するようになっていたはずですけれど？」

「確かにほとんど消えかかってたみたいだけど、こっちにいたのが誰だと思ってるのかな？　残滓《ざんし》があれば再現するのは十分だって言って、実際に再現してみせたよ」

さすがはSランクの魔導士である。

シルヴィにそれを調べてもらったおかげで、転移先がここであるのは容易に特定できた。

「……なるほど。彼女を甘く見すぎていたようですわね。いえ、それとも、やはり勇者様を、でしょうか？　もう少し時間を稼《かせ》げると思っていたのですけれど……」

「甘く見てたのは確かだろうけど、僕じゃなくて、フルールやこの街の人達を、かな？　実際のところ、まだ片付いたわけじゃないからね」

南門の周辺だけは片付けたものの、シルヴィが魔法陣を再現し、ここにアリエルがいることを突き止めたところで、クライウルフの討伐がすべて済んだわけではない。

ただ、その時にフルールが後は自分に任せて欲しいと言ってきたのだ。

残りは自分と街の冒険者だけで対処可能だ、と。

それが本気で言っていたのか、それともアリエルを助けることを優先するための嘘だったのかは分からない。

だが、フルールの目は真剣そのものだったし、ロイも任せられると思ったから任せたのである。

シルヴィも向こうを手伝うと言っていたから、おそらくは大丈夫だろう。

「なるほど……確かに、彼女やこの街のことは考慮《こうりょ》に入れていませんでしたわね。一番甘かったのは、わたくしの考えというわけですか。ですが、問題はありませんわ。どうせ結末は、変わりませんもの」

そんなことを口にするテレーズの姿は、実際余裕に満ちていた。

この状況に特に焦った様子もなく、普段通りにすら見える姿で、首を傾げる。

「それにしても、勇者様も驚きになられないのですわね？」

「うん？　テレーズが今回の件の黒幕だってこと？　そりゃまあ、転移魔法陣から感じた魔力がテレーズのだったからね」

「確かにあの魔法陣はわたくしがあの瞬間起動したものですけれど……わたくしの魔力だと分からないように隠蔽《いんぺい》したつもりが、どうやら意味はなかったようですわね。なるほど、その時点でもうわたくしは甘かったのですか。ご指摘ありがとうございます。この失敗は、次に活《い》かしたいと思いますわ」

「……次って、また何かやるつもりなわけ？　いえ……そもそも、次があるとでも思ってんの？」

テレーズの悪びれない発言にアリエルが噛《か》みつくも、テレーズは笑みを浮かべて返した。

当然だと言いたげな、そう心の底から信じているような笑みであった。

「もちろんですわ。だってわたくしは、神の御意思に従い、この世界を滅ぼそうとしているのですもの。たとえ勇者様が邪魔しようとしたとしても、止められるものではありませんわ」

「……この世界を滅ぼす？」

「なんか、そのつもりらしいわよ。勝手にやるんならともかく、あたしのことまで巻き込もうとするんだから、本当にいい迷惑よ」

世界を滅ぼすのにどうしてアリエルが関係してくるのかとロイは思ったが、そこでふと以前に聞いた話を思い出す。

そういえば、死者蘇生というのは、破壊神の力と同種のものであるのだったか。

ならば、それを利用してどうにかしようとしている、ということなのかもしれない。

「……ま、どうでもいいことかな。ここで止めれば、何をやろうとしてるんだとしても関係ないわけだしね」

「……止められないと、言ったはずですけれど？」

「それが事実なら、の話でしょ？　まあ、そもそも神が本当にこの世界を滅ぼそうとしてるんだとしても、それが止められないって道理はないと思うけどね。だって、実際に一度止められて、神は滅んでいるわけだから」

「いいえ……いいえ、違いますわ。そこまで含めて、神の御意思なのです。道理と言うのでしたら、滅ぶことこそが道理ですわ」

「そんなことをしても、何の意味もないのに？」

「意味ならば、ありますわ。そうして全てが滅ぶことこそが、誰も彼もが救われる道に違いありませんもの……！」

そう叫ぶようにして、テレーズが告げた瞬間であった。

テレーズの足元に、巨大な魔法陣が浮かび上がったのである。

「なるほど……余裕があった理由は、あれかな？　色々と話してたのも、あれを展開するための時間稼ぎだったってわけだね」

「ちょっと……！　なにあんたもあんたで余裕ぶってんのよ……⁉　あれあたしでも見ただけでやばいって分かるんだけど……⁉」

「いや、余裕ぶってるとか言われても……」

と、それ以上の言葉を続けることは出来なかった。

次の瞬間、テレーズの足元の魔法陣が、眩《まばゆ》い光を放ち始めたからである。

そして。

直後、先ほどロイが引き起こしたものとは比べ物にならないほどの轟音が、その場に響いた。

◆◆◆

その光景を目にした瞬間、アリエルは思わず口元を引きつらせていた。

テレーズの態度から、何かあるのだろうと思ってはいた。

だが――

「……さすがにコレは予想外すぎるでしょ」

そう呟き、目を見開く。

向けた視線の先では、先ほどまで薄暗かったのが嘘のようにはっきりしたテレーズの姿が見えている。

理由は単純だ。

その場を薄暗くしていた理由がなくなったから……天井も、壁も、吹き飛んだからである。

テレーズが展開した魔法陣から現れた、アリエルの視界に映し出されている巨体によって、だ。

しかし、何らかの力を振るった結果ということを意味するのであれば、まだマシだったかもしれない。

だが実際には、あの巨体は何もしていない。

壁や天井が吹き飛んだのは、天まで届くような体躯《たいく》が建物の屋根を突き破《やぶ》ったからにすぎない。

全高は十メートルを超えるだろうか。

見上げなければその全身を捉えることは出来ず、そうしてようやく、灰色の毛皮に覆われたその姿が目に入る。

見た目は狼に似ているが、無論狼ではありえない。

何らかの魔物だろうが、生憎アリエルに心当たりはなかった。

しかし、そんなことは大した問題ではあるまい。

何という魔物なのか分からずとも、強大な力を持っているということは、十分すぎるほどに分かったからだ。

大きいということは、ただそれだけで脅威ではあるが、間違いなく能力や戦闘力も強大なものを持っている確信があった。

おそらくは、あの前足で振り払われただけで、アリエルの身体など跡形《あとかた》もなくなるに違いない。

「ふふ……どうやら、驚いていただけたようですわね。念のために準備しておいた甲斐があったというものですわ。どうですか、このフェンリルは？　素晴らしいでしょう？」

どうやらあの魔物の名は、フェンリルというらしい。

その前に佇むテレーズは今にも食べられそうにも見えるが、そんな様子はないあたり完璧に操《あやつ》っているようだ。

だがそれはつまり、フェンリルが出現以来まったく動いていないのも、テレーズがそうしているからであり、その気になればいつ襲い掛かってきてもおかしくないということである。

そうなった時のことを想像してしまい、思わずごくりと唾《つば》を呑み込んだ。

「……そんな奥の手があったなんて、本当に用意周到じゃないの」

それでも、黙って怯えていることなど我慢できず、アリエルがそんな言葉を返せば、テレーズは相変わらず余裕の笑みを浮かべている。

強がりなのは分かっていると、そう言いたげな表情であった。

「ええ、協力してくださった方々がいらっしゃいましたから。さすがにフェンリルを召喚するとなると随分骨を折りましたけれど……こうして何とかなりましたわ」

「協力、ね……ろくな想像が出来ないんだけど？」

「あら、それは考えすぎというものですわ。わたくしはただ協力を要請しただけで、あちらもそれを受け入れてくださっただけですもの」

「そんなことを言ってる時点で、やっぱりろくでもないことだってことじゃない」

そんな会話を交わしながら、アリエルは何とかこの場をどうにかする方法を考えているものの、いい解決策は思い浮かばない。

とはいえ、あれほどの巨体が突然街中に現れたのだ。

既にギルドも気付いているはずで、解決のために動き出していることだろう。

時間さえ稼げば、何とか——

「ふふ……時間さえ稼げば何とかなると、そうお思いですか？」

「……っ」

「聖女様は分かりやすいですわね。ですが、それは無駄というものですわ。聖女様も、分かっておいででしょう？　誰が何人来ようとも、このフェンリルは倒せませんわ」

癪《しゃく》ではあるが、テレーズの言葉は頷かざるを得ないものであった。

ろくに戦闘経験もないアリエルではあるが、アレが存在からして違うというのは、目にするだけで分かった。

抵抗するだけ無駄だということも。

……それに。

「ふふ、それに、勇者様ですら、このフェンリルを前になす術《すべ》もないのですもの。どうにか出来るわけ、ないのですわ」

そうだ、アレを前にして以来、ロイは一歩も動かず、一言も口を開いていない。

あのロイですら、その有様なのである。

一体誰がアレをどうにか出来るというのだ。

と、そんなことを思い、もうどうしようもないのだと諦めようとした時のことであった。

すぐ傍から、この脅威を前にしたら場違いとも言える、暢気そうな声が聞こえた。

「うん？　僕がどうかした？　というか――もしかして、それもう倒しちゃっていいの？」

「……はい？」

何を言っているのか分からない、とでも言いたげな、間抜けな声をテレーズが漏らしたが、正直なところアリエルも同じ気持ちであった。

しかし、そんなアリエル達の様子など関係ないとでも言わんばかりに、ロイは肩をすくめると続けて口を開く。

「いや、なんか妙に自信ありげな様子だから、まだ何かするつもりなんだと思って一応待ってたんだけどさ……そんなことはなかったってことかな？　なら、さすがに街中でこれは迷惑だろうから、さっさと終わらせちゃいたいんだけど」

「……ふふ、さすがは勇者様ですわね。こんな状況であろうとも、そんなことを言えるとは」

「こんな状況とか言われても、ちょっと大きい狼が出てきただけでしょ？　いやまあ、無駄に身体だけは大きいから、下手に動かれたりすると大変そうだけど。だからさっさと終わらせたいと思ってるわけでもあるんだけどね」

どう見てもちょっとで済む大きさではなかったが……その挑発なのか何なのかよく分からない言葉は、しっかりと効果はあったようだ。

テレーズの顔から、笑みが消えた。

「……そうですか。よろしいですわ。それが強がりであれ何であれ、関係はありませんもの。本当は勇者様にもご協力していただきたかったのですけれど……ここは別の形でご協力していただくといたしますわ。貴方の死を前にすれば、聖女様の目も覚められることでしょうから」

テレーズが、そんなことを口にした瞬間であった。

あれだけの巨体であったフェンリルが、一瞬でその場から姿を消した。

何のためかなど考えるまでもなく、そして何かをする暇もない。

直後、鮮血《せんけつ》が舞った。

真《ま》っ二《ぷた》つとなったフェンリルの身体が、ロイの目の前に現れるのとともに、だ。

「……は？」

「はい、終わりっと。もっと何かあると思ってたんだけど、思ってた以上に呆気なかったね」

何でもないことのようにそんな言葉を口にするロイに、アリエルは一瞬呆然とした後、つい苦笑のようなものが口元に浮かぶ。

どれだけでたらめなのかと、そう思ったのだ。

そして、そんなリアクションをしたのはアリエルだけではなかった。

「っ……まさか、そんな……フェンリルが一瞬で……!? い、いえっ、まだですわ、まだ――」

テレーズもまた愕然《がくぜん》とし、だがすぐに立ち直るとまだ何かをしようとしていたようであったが……そこまでであった。

唐突に言葉が途切れると、その身体から力が抜け、地面へと崩れ落ちたのだ。

いつの間にかそのすぐ傍にロイがいたことにアリエルが気付き、目が合うと、彼は肩をすくめた。

「さすがにこれ以上何かをさせるわけにもね」

「ま、そりゃそうでしょうね……殺したの?」

「まさか。よく分かってないことも多い……というか、テレーズが黒幕だったってこと以外はほとんど何も分かってないようなもんだしね」

「……確かに、それもそうね」

アリエルとしてはそれで十分というか、それ以上は知りたくもないという感じだが、実際にはそういうわけにはいくまい。

それ次第では、アリエルの今後にも関わってくるかもしれないのだから。

迷惑にもほどがあるが、もとはと言えば、故郷にいればこんなことにはならなかったのだろうから、自業自得とも言えるのかもしれない。

「あ、そういえば、アリエル。一つ言いたいことがあったんだけどさ」

「……何よ？」

アリエルがそんなことを考えていると、ロイがこちらに顔を向けてきた。

何か言われるのだろと思い、身構えると――

「さっきアリエルは余裕ぶってるとか言ってたけど、それは間違いだよ。実際あの程度ならこうして余裕だったわけだしね」

そんなどうでもいいことを言われ……つい、笑みが浮かんだ。

本当にこの青年は、いつでも気楽というか、何というか。

それは彼の実力あってのことなのかもしれないが……でも、そんなものでいいのかもしれない。

この先どうなるかは、考えたところで分からないし、それに既に故郷を出てきてしまった後なのである。

今更それを悔《く》いてもどうすることも出来ないし……それに、故郷を出てきたからこの青年に会えたと考えれば、悪いことばかりでもないのだろう。

ならば、自分も少し気楽に、前向きに考えてもいいのかもしれないと、そんなことを思いながら、アリエルは口元の笑みを深めるのであった。

エピローグ

見慣れているはずの光景を眺めながら、ロイは息を一つ吐き出した。

「元々大した物はなかったはずなんだけど……それでも何もなくなると結構変わって見えるものなんだなぁ……」

そんなことを呟きながら、苦笑を浮かべつつ視線を下に向ける。

そこには、ロイが今しがた纏めた荷物が置かれていた。

それでも、片手で持てる程度の量にしかならなかったのだが……何となく感慨深く感じるような気がするのは、それだけこの部屋に世話になっていたということか。

「まあ、この街ではなんだかんだで色々と巻きこまれたけど、最後はここに戻ってきてたわけだし、そういう感傷《かんしょう》みたいなのもあるのかな？」

――今日ロイは、この街を後にする。

だがそれは、この街が嫌になったわけでもなければ、逃げるわけでもない。

片付けなければならないことが出来たためであった。

「さて、と……」

あまりのんびりしてるわけにもいかないし、これ以上ここでやることがあるわけでもない。

僅かに後ろ髪を引かれるような思いをしつつも、ロイはその場を後にした。

廊下《ろうか》に出ると、自分の立てた足音だけがその場に響いた。

それ以外の音はなく、人が動いているような気配もない。

現在時刻は早朝も早朝、先ほど夜が明けたばかりである。

余程の早起きでなければ、未だ夢の中にいるのは普通かもしれない。

むしろ、ひっそりと誰にも気付かれずに立ち去れることを考えれば、好都合ではあったのだが……

「あ、おはようございます、ロイさん」

しかし、宿のロビーに辿り着いた瞬間、ロイの目に映ったのは、いつも通りの笑みとともにそんな言葉を口にしたセリアの姿であった。

予想外の状況に、思わず目を瞬く。

「あ、うん、おはよう、セリア……今日は随分と、早いね？」

宿の手伝いをしていることもあって、普段からセリアは割と朝が早い方ではあるが、さすがにここまで早起きではなかったはずだ。

しかしそんなことを思っていると、不満げな視線を向けられた。

「ロイさんのお見送りをするために早起きしたんですから、当然です」

「見送り……？　でもそれは……」

今日宿を出るということは、昨日既にセリア達には伝えてある。

朝早いから見送りは必要ないとも、その時に言ったはずなのだが……

「必要ないとは言われましたが、やってはいけないとは言われませんでしたから。それに……一つ、聞きたいこともありましたし」

「聞きたいこと……？」

「はい――以前ロイさんは、のんびり過ごすことが望みだとおっしゃっていました。それならば、この街から出ていく必要はないじゃないですか……ロイさんが、何かをやらなければならない必要は、ないじゃないですか」

「……うん。そうだね」

セリアの言うことは正しい。

ロイは今でも出来ればのんびりと過ごしたいと思っているし、それを最優先とするならば、ここが一番とは言わないまでも、少なくともこの街を出る必要はあるまい。

ロイが街を出る決断をしたのは、先日起こったテレーズの一件が発端だ。

聖神教に邪教に、邪神……

それは未だに解決したとは言い難い。

テレーズは、ただ神の御意思に従っただけだと繰り返しているだけらしく、詳細は不明なままだからだ。

つまり、また何かが起きるかもしれないということでもある。

そしてそれを知るには、聖神教の本拠点を調べる必要があった。

それをロイがやらなければならない義務はないし、ロイでなければ出来ないなどと己惚《うぬぼ》れるつもりもない。

ただ――

「でも、だからこそ、なんだよね。もしも僕がいないところで、何かあったとしたら……そんなことを考えながらのんびり出来るほど、僕の神経は図太《ずぶと》く出来ていないからさ」

だからこれは、誰のためでもない。

自分のためにすることなのだ。

何の憂《うれ》いもなくこの街でのんびり過ごすために、禍根《かこん》を断《た》つという、それだけのことなのである。

「……そうですか。なら、やっぱり見送ることにして正解でしたね」

「うん？」

どういう意味かと首を傾げれば、セリアは笑みを浮かべながら、告げた。

「のんびり過ごすには、やっぱり帰る場所が必要だと思いますから。ですから、わたしはここでロイさんが帰ってくるのを待とうと思います。そして、そのことをこうして伝えられたのですから、見送る意味はありました」

「……なるほど」

元々全てが終わったら、この街に戻って来ようと思ってはいた。

だが。

「確かに、セリアがここで待っていてくれるっていうんなら、安心して旅に出ることが出来るね」

「はい！」

向けられる笑みに、自然とロイの口元が緩む。

この街で誰かが――セリアが待っていてくれるというのならば、僅かにあった、居場所を失うような不安がなくなる気がした。

「じゃ、そろそろ行くよ」

名残惜《なごりお》しさのようなものを感じながら、ロイは宿の扉を開く。

「はい。行ってらっしゃい、ロイさん」

「うん。行ってきます、セリア」

そうしていつもと同じような挨拶を交わしながら、ロイは朝日の差し込み始めた街の中へと足を踏み出すのであった。

あとがき

この度は文庫版『最強Fランク冒険者の気ままな辺境生活？3』をお読みいただき、誠にありがとうございます。作者の紅月シンです。

さて、本シリーズはこれで最終巻となります。

一応、この先の展開や設定などは考えてあったものの……、まあそれはいつかまた別の機会に皆様へご披露《ひろう》できれば幸いです。Ｗｅｂ版で、あるいは別の作品で、ということになる可能性が高いですが――。

ちなみに、私は同じ作者による作品と別シリーズの作品の設定が繋がっている、というケースも好きです。少し裏話的な話になりますが、実を言えば本作は、私が過去に書いた作品と設定の一部がリンクしていたりします。

次回作の内容は未定であるものの、おそらくそのうちまた設定の一部が重なった作品を書くかと思います。なので、今回温めていた設定などはお蔵入《くらい》りさせることなく、そこで再利用……大事に生かせればいいなあ、と密《ひそ》かに構想を練《ね》っている次第です。

なお、コミカライズ版に関してまだ連載は続く予定です。
アルファポリスのＷｅｂサイトで公開中ですので、是非ともあわせてご覧ください。観月藍様がご提案くださったアイデアによって、小説版とは一味違う新たな視点で描かれた大変、魅力的な作品となっています。小説版をお読みの方なら間違いなく楽しめる必見作です！

最後になりますが、本作を手に取っていただいた読者の皆様、また出版にあたりご協力くださった関係者の方々に、深く御礼を申し上げます。

それでは、またどこかでお会い出来ることを祈っています。

二〇二一年十一月　紅月シン

大好評発売中！
累計610万部（電子含む）突破！
ゲート SEASON1
大好評発売中！
コミックス
最新19巻
大好評発売中！
単行本
文庫
漫画
漫画：竿尾悟
●本編1〜5／外伝1〜4／外伝+
●各定価：1870円（10%税込）
●本編1〜5〈各上・下〉／外伝1〜4〈各上・下〉／外伝+〈上・下〉
●各定価：660円（10%税込）
●1〜19（以下、続刊）
●各定価：770円（10%税込）
スピンオフコミックスもチェック!!
ゲート featuring The Starry Heavens
原作：柳内たくみ
漫画：阿倍野ちゃこ
1〜2
ゲート 帝国の薔薇騎士団 ピニャ・コ・ラーダ14歳
原作：柳内たくみ
漫画：志連ユキ枝
1〜2
めい☆コン
原案：柳内たくみ
漫画：智
●各定価：748円（10%税込）

アルファライト文庫

この作品に対する皆様のご意見・ご感想をお待ちしております。

おハガキ・お手紙は以下の宛先にお送りください。

【宛先】

〒150-6008 東京都渋谷区恵比寿4-20-3 恵比寿ガーデンプレイスタワー 8F
(株) アルファポリス　書籍感想係

メールフォームでのご意見・ご感想は右のＱＲコードから、
あるいは以下のワードで検索をかけてください。

アルファポリス　書籍の感想　検索

ご感想はこちらから

本書は、2020年12月当社より単行本として
刊行されたものを文庫化したものです。

最強《さいきょう》Fランク冒険者《ぼうけんしゃ》の気《き》ままな辺境生活《へんきょうせいかつ》？ 3

紅月シン（こうづき しん）

2021年11月30日初版発行

文庫編集－中野大樹／宮田可南子
編集長－太田鉄平
発行者－梶本雄介
発行所－株式会社アルファポリス
〒150-6008東京都渋谷区恵比寿4-20-3恵比寿ガーデンプレイスタワー8F
TEL 03-6277-1601（営業） 03-6277-1602（編集）
URL https://www.alphapolis.co.jp/
発売元－株式会社星雲社（共同出版社・流通責任出版社）
〒112-0005東京都文京区水道1-3-30
TEL 03-3868-3275
装丁・本文イラスト－ひづきみや
装丁デザイン－ansyyqdesign
印刷－中央精版印刷株式会社

価格はカバーに表示されてあります。

落丁乱丁の場合はアルファポリスまでご連絡ください。

送料は小社負担でお取り替えします。


ISBN978-4-434-29604-8 C0193